一部以教會為背景的長篇小說，
讓人動容的團契故事……

在團契裡

第一屆雄善文學獎佳作獎得主
英國愛丁堡大學碩士
謝宇棻 著

輔大醫學院助理教授、暢銷書作家、雄善文學獎創辦人／施以諾
作家、廣播節目主持人／黃友玲
誠・摯・推・薦

在書中看見自己的影子

寫序，通常是純義務性質，沒有稿費可以拿，還需花上不少時間，但卻是一件「幸福」的事！為何它被我形容為是一件「幸福」的事呢？因為寫序的人可以搶先眾讀者們一步，讀到作者所寫的精彩內容。這對於喜歡閱讀的我而言，是相當幸福的事！而我今年何其有幸，算一算，現在還是夏天（二〇一〇年），但已有四家出版社找我為六本書寫推薦序或推薦語，這本《在團契裡》是第七本。換句話說，我已搶先讀了七本好書。

而為這本《在團契裡》寫序，除了享受先睹為快的幸福之外，更讓我多了一份佩服與開心！敝人二〇〇九年創辦第一屆「雄善文學獎」時，本書作者謝宇棻就是其中一位得主，她文筆流暢，在眾評審的加權計分中得到高分，榮獲獎座。也許作者未來仍有進步的空間，但我仍相當佩服、開心這樣一位年輕的文學獎得主，竟寫出了如此一部長達九萬字的小說！這樣的寫作毅力與組織能力，不僅相當難得，也相當值得敬重。

這本小說所講的是教會團契中發生的故事。團契，似乎該是最無憂、最安全的團體了！但這本小說點出了許多信仰的掙扎面，故事中的男女主角、配角們所發生的故事，也很可能發生在您我的教會、團契中；或許您會在本書中看見自己的影子，發現書中的某個男女主角、配角，根本就是自己。

本書是第一本由「雄善文學獎」得主所出版的書，「雄善文學獎」創立為要獎勵十八歲到三十歲的年輕人嘗試為主寫作，用筆為主發光。我深切期盼並相信，年輕作家謝宇棻的這本《在團契裡》能大大為主發光，並且榮神益人。

施以諾
輔仁大學醫學院職能治療學系專任助理教授
萬芳醫院精神科兼任治療師
基督教「雄善文學獎」創辦人暨主席

目錄

楔子

四月天，初春的涼爽氣息正濃。這個下午的天氣十分宜人，艷陽並不懾人，照在街道上看起來明亮有朝氣，還有徐徐微風不時吹來。

徐佩淇下了客運，在這個復活節的傍晚，對熙來攘往的多數路人而言，再平常不過的一個週日午後；然而就在這個時候，她回到這個地方——不論時間、地點，都令人百感交集！她向來是個冷靜的人，不只是那種喜怒不形於色的壓抑，而是與生俱來的性格，或許加上生長背景、宗教信仰等因素，少有什麼能讓她經歷強烈的情緒起伏。想起三十一個月前，那讓她離開又重回故地的原因，即使事隔兩年，她依然感覺得到內心的激動隱隱作祟。

她想稍坐在候車亭的長椅上休息，調整心境。但看看手錶，她已經遲了，若再延遲就不好了。她知道他們會體恤自己的姍姍來遲，但心底就是有股強大的力量催逼著，使她打消耗時間的念頭。

深吸一口久違的空氣，朝約定的地點走去。瀏覽人群和街景，那爭議不斷的捷運已經開始運作，她記得離開的時候，軌道都還在施工，說起來街道的樣子並沒有太多改變，只是多了車廂在上面跑，有時她不確定自己對這一切究竟是熟悉或生疏；店面的排列、來往的公車、週日下午攜家帶眷外出休閒的人群……。氣息、節奏、氛圍，是相同抑或她已經遺忘？

不知不覺，她來到約好的餐廳外面，卻沒有停下腳步，逕自走向隔壁的建築。青銅色的氣派大門深深緊閉。她打量一圈，仔仔細細地。可以猜想她會在這兒站上好一會兒。剛才在公車站牌想起往目的地的心理，似乎不復存在。她走上前，抬頭檢視大門上面兩盞小燈，苦笑；低下頭，伸出手撫摸鑰匙孔上的洞。

她進入很深很深的思索。

「徐姊……」

熟悉的聲音使她回過神來。

穎穎坐在窗邊，左手拖著腮幫子，右手輕輕跟著餐廳播放的路易斯・阿姆斯壯的歌曲，在桌上敲打拍子，眼睛直直盯著門口，心裡焦急地期待著。

人陸續到達，她熱絡地招呼大家，彷彿女主人般，即使她並非這次聚會的發起人。她就是習慣這樣，有她在的場合，就要讓每個人都覺得受到歡迎。

大概是誰又耍了寶，大家笑成一團。

穎穎也笑了，和坐在她正對面的阿綸四目相交。

「和以前一樣。」

她讀出阿綸用氣音發出的唇語。

「真是這樣嗎？」阿綸看看眼前的穎穎，剪去原本及腰的長髮加上挑染，素色七分袖襯衫，右手腕上一只像是上班族佩帶的手錶，臉上的淡妝……

「我想我指的是她臉上開朗的笑。」阿綸心想。

「你也沒變啊。」

穎穎用同樣的方式回應。

也許那笑容也有幾分改變，脫去一些稚氣，增添幾分成熟和顧慮，阿綸心想。

穎穎不時轉頭加入大家，又低頭看錶、抬頭看看門口，正納悶著為何等待的人還沒出現，一邊隨意往窗外望去，臉上跟著露出驚訝的表情。

她想大叫，但話還沒到嘴邊就收了回去。

「兩年前她一定不會如此收斂。」阿綸邊想邊順著她的視線看去，也看見了她所看見的。

阿綸看著穎穎，看她盯著那人出神發呆。

「欸，徐姊耶，她來了。」

阿綸告知大家。

「真的耶！」

驚呼和討論此起彼落。

「我去叫她。」

穎穎回過神來，急忙起身。

「真是的，遲到鬼！」

她笑著抱怨，快步走到徐姊身後。

眾人不約而同停止交談，望著同一個方向。

「徐姊，進來啊，等妳很久了耶……」

Chapter1

創造

我是基督徒，

我想殺死我自己……

「妳是徐姊吧？妳好！進來呀！我們等妳好久了！」

兩年前的那個夏天，何穎穎，大一新鮮人，束成馬尾的中長髮，是這樣帶徐佩淇進去的。

「好熱喔最近！妳怎麼還站在外面等？怎麼不趕快按門鈴啊！牧師說妳從基隆來，那妳一定坐很久的車了！很累吧？哇！徐姊，妳還背這麼大一包！一定超熱！如果是我早就投降了！我超怕熱！超會流汗！夏天啊……」

在領她上樓的路上，何穎穎一直嘰嘰喳喳說個沒完。徐佩淇被她的話、或者該說整個人吸引住，甚至沒有心思去瞄一眼這個初來乍到的地方；她知道自己是個很慢熟的人，話也不多，但絕不會討厭那種說個不休的人，尤其是無法對眼前這個滔滔不絕的女孩心生不悅，甚至不自覺地對她產生了某種程度的好感。儘管她多半看似問句結合成的談話，中間沒留下什麼真的讓人回答的空間。

上樓經過一小段樓梯後，看得出來這是自行用木板加蓋的，走起來啪啪啪地有一種空心的感覺；象牙白的油漆非常均勻，也沒有明顯的損壞痕跡。徐佩淇跟在何穎穎後面，看著她俏麗的馬尾，以及這座樓梯，心裡不只對這女孩、還對這建築物產生了好感。

「樓梯的音效很讚吧？主日崇拜的時候要封鎖的喔！不然小朋友弄的可比這更精彩呢！」

幾乎可以想像。

「何穎穎同學，妳去接客也不讓嘴巴休息一下喔？我們從樓上一直聽到妳在演講耶。看看人家大包小包的，不會幫忙嗎？這是我教妳的待客之道嗎？」

李哥用滑稽的口氣損著何穎穎，一邊走向徐佩淇。

「對不起啊，小孩子不懂事，都怪我教導無方啊。妳好妳好，我是李以撒，他們都叫我李哥。」

伸出手接過行李，他用空出的另一隻手和她握手。

「李哥你好，我叫徐佩淇。」

「Hey, I'm just trying to make a conversation. 徐姊剛來，我陪她聊天熟悉環境啊。」

「好好好，隨便妳，明明就都妳在講，我建議妳查一下字典看一下

conversation的定義喔。還不快奉茶！」

「遵命！」

何穎穎咚咚咚跑下木造樓梯。

「坐啊！佩淇。」

她坐到李哥指引的位子去，這才有時間環顧四周一番。她被安排坐在李哥旁邊，正對面有個空位，位子上有攤開的詩歌本，她猜想是何穎穎的座位。

「那麼，今天呢，徐姊終於來到我們當中，在等待丫鬟倒水的時間呢，就輪流介紹一下自己，讓徐姊可以稍微認識大家。我先來個優良示範喔。我姓李，叫以撒，就是傳說中娶利百加那個以撒；不過我太太不叫利百加，叫鈺蓁。」

「李哥，可以不要再用這個梗了嗎？」李哥旁邊的男生用促狎的表情和語氣吐槽他，轉向徐佩淇：「對不起喔，他不會再這樣了，下次再用這個梗，我們報警抓他。」

「哼，這麼沒大沒小，不跟你們這些草莓大學生計較。我繼續喔，我今年三十，已婚，育有一女，目前是教會團契的輔導。」

伴隨著零星的噓聲笑聲，李哥旁邊的那個男生還用手肘作勢撞了他。

何穎穎正捧著水走進來，遞給徐佩淇，走回座位，加入大家的笑鬧。

「妳看，」李哥皺著眉頭對徐佩淇訴苦：「他們這些草莓都是這樣尊敬我的，要小心喔。」

「那是你而已啦！」何穎穎迫不及待發言：「我們不會這樣對別人的，這是特別待遇！」

李哥假裝嘟起嘴，大夥笑得更瘋了。

「好啦好啦，焦點在我身上太久了，換人。」他推推身旁的男生。

「嗯，徐姊妳好。」剛才那個吐槽李哥的男生，收起頑皮的笑容，瞬間好像變得有那麼點正經；徐佩淇注意到這個娃娃臉的男生，有稚氣未脫的五官。

「我叫高智愷。為什麼呢？因為我又高又有智慧……」

「還有也是一個愷子。」旁邊的男生拋出這句。

「唉！他跟李哥一個樣啊。」何穎穎忍不住下了評語。

「好啦！不鬧了，」高智愷恢復之前一度的正經：「我叫高智愷，大家都叫我愷子，我唸物理系，今年升大四，準備考研究所。」

「那，下一位。」

「徐姊妳好。」夾在高智愷和何穎穎中間，戴著一副眼鏡，好像比高智愷更高的一個男生：「我叫陶義綸，叫我阿綸就可以了，我是團契主席，唸景觀設計，現在大三。」

阿綸用較為沈著的聲音說著，說話的時候帶著淺淺的微笑，看起來很有親切感。

「很歡迎妳來到我們當中，來日方長，以後大家一定會更了解彼此，我想就趕快把時間交給下一位，」他作勢看錶：「唔，因為我想這位需要一小時喔。」

何穎穎給了陶義綸一個白眼。徐佩淇忍住不發笑，年輕人到底還是年輕人，像是時下年輕人講話的調調，在這個團體裡應有盡有。

「徐姊，我叫何穎穎，聰穎的穎，關穎的穎，林志穎的穎，名字就很好叫啦，沒有特別的外號……」

「嗯，何同學，」高智愷打斷她：「都十分鐘了妳名字還沒講完啊。」

「你們很奇怪耶！」

「好啦！」李哥覺得應該控制一下場面：「聚會時間也才兩小時，你們大家你一言我十句的，這樣今天弄不完要下集待續喔？拜託我們現在才七個人，是要拖成主日崇拜的長度嗎？現在開始，拜託，簡！明！扼！要！簡！潔！有！力！還有，不准插嘴！沒禮貌耶！」

輔導終究存在一定控制力量，此話一出，現場有片刻的安靜。

「我今年剛考上政大政治系。」

「哦，很好很好。」李哥很快打斷她，逕自鼓掌起來：「好啊！很清楚了，好，下一位。」

「我叫羅韶莉，今年大一，唸物理，我跟穎穎是高中同學。」

很有靈氣的一個女生，徐佩淇心想。也許剛升大一，沒有特別打扮的外表下，仍令人覺得氣質出眾。

「嗯，下一位囉。」

「我叫高智森，是愷子的弟弟，唸歷史。」

徐佩淇這才注意到坐在她左手邊的這個男孩，或許由於沒有面對面，加上他一直沒有發言；他果然和高智愷有幾分神似，差不多的五官、體型、聲音；不過有某種東西不一樣，徐佩淇隱約可以感覺到。

「好啦，換徐姊啦！」李哥吆喝著：「壓軸喔，注意囉！」

徐佩淇送出一個簡單的微笑，現場突來的靜默，讓她不自覺作了一個深呼吸。

「大家好，我叫徐佩淇，侯佩岑的佩，舒淇的淇，大家叫我徐姊就好。我在基隆的門徒訓練中心唸書，我家也是在基隆。今天開始要來這裡實習一年；剛剛聽了各位的自我介紹，每位都很可愛，相信以後一定會相處愉快。」

大夥又是一陣胡鬧，提出一些白目問題，什麼結婚了沒、小孩多大、男朋友收入多少，諸如此類的；最後自然有勞李哥出來收尾——到他研判大家鬧夠了為止。

「那，時間不早囉，奉獻吧。」

李哥宣布。

徐佩淇注意到所有人總可以馬上進入一種秩序：羅韶莉走向鋼琴，阿綸拿出應該是作為奉獻箱的小桶子，全體零零散散地起立。

「我的錢銀獻給祢，用出攏趁祢旨意，我的才情獻給祢，甘願獻祢作器具。」

這是徐佩淇沒有學過的曲調，她只靜靜聆聽。

「那請徐姊帶我們為奉獻禱告吧。」

李哥向她示意，她回過神來。

「親愛的天父……」

羅韶莉偷偷睜開眼注視徐佩淇，想起她在自我介紹中提到「侯佩岑的佩」、「舒淇的淇」那時的樣子，忍不住笑了，再滿足地閉上眼睛。

大清早，徐佩淇和牧師及師母一起抵達教會。師母開鎖的時候，她看到光線灑落在墨綠色的鐵門上，突然有一種充滿希望的感覺。

自己的母會，有的只是簡單的黑色不透明玻璃門，去掉招牌的話，和一般公寓住宅沒有兩樣，根本看不出來是間教會。

眼前的教會，其實也是位於一般公寓的一樓，但門面及裡面，顯然都是照著教會的規格重新裝潢過的，印象中昨晚的木造地板、樓梯、吊燈……

受過的專業訓練和教育提醒她，上帝看人不若世人，祂看重內心。不論門面的樣式，推開這道門，裡面的人們，才是她的負擔。

不過抱持希望的感覺總是好的開始，不管這希望的來源是什麼。

「佩淇，以後這張桌子，是妳的辦公室，有點小喔，妳委屈一點。」

師母笑盈盈地領著她，穿過禮拜堂，來到一間小房間。

「不會啦，還有我專屬的辦公室，我感謝都來不及了！」

只是一個實習生，她驚喜之餘，甚至有點受寵若驚。

「那妳可以先整理妳的東西，不吵妳了。隔壁就是牧師辦公室，有問題叫我們一聲就可以。」

「好，謝謝師母。」

「那，鑰匙，給妳囉。」

師母離開後，她並未馬上整理。卸下她的大包包，她習慣性地想先對環境好好觀察一下。

簡單白淨的室內，牆上有幅小小的畫，畫著兩個跪作祈禱狀的小孩。畫的下面，就是她乾淨到似乎是全新的辦公桌，放了透明桌墊和一個木製筆筒。

桌子的左邊有扇窗戶，可以看到外面，不過因為是一樓，沒什麼視野可言；窗戶上有架日立冷氣。

她把大包包擺到辦公桌上，拉開拉鍊，像哆啦A夢從口袋掏出道具那樣，從包包裡挖出一些書本、筆記本、文具用品，最後拿出一座相框。她把書冊直立在桌上，靠著牆壁排成一列，文具和小冊子被放進抽屜，相框則被小心翼翼地安置在辦公桌靠窗戶的一側。

告一個段落之後，她讓自己坐下，心滿意足地稍微欣賞一下。

一會兒，她挨近窗戶，想更仔細確認從這角度看出去，外面是什麼樣子；優美的琴聲從樓下傳上來，她不禁停止動作。

她對音樂或樂器素來沒有研究，也沒有特別的偏好，可是這琴聲不自覺吸引她，旋律是那首《在主面前替你祈禱》，但是心裡的觸動卻是頭一遭。這感動促使她尋找聲音的來源。

在一樓的禮拜堂，她發現了音符的製造者。黑褐色中長髮的年輕女子，背對她彈奏著。

子婕從琴身的映照中看見徐姊，無預警地暫停。

徐佩淇正想找個位子坐下，靜靜欣賞，被突如其來的中斷嚇了一跳。

子婕微笑走向她，她自己則只是傻笑。

「不好意思，打擾到妳了？」

「沒有，不會啊。」

女孩的聲音溫柔而悅耳；和她彈奏出來的琴聲一樣。

「妳彈得很好耶！好厲害。」

「哪有，隨便摸一下而已啦。嗯，練習一下，我今天司琴。」

輕鬆的口吻，並不會讓人覺得是驕傲的言詞，好像只是一種輕鬆、一種隨興。

「妳是徐姊吧？」

「嗯，」徐姊順了一下頭髮，顯得有些不好意思：「都忘了自我介紹。妳是大學生嗎？」

「對啊，我叫子婕，大三，我唸音樂。」

「昨天晚上，沒看到妳耶。」

「啊，被妳發現了！」女孩露出陽光般的笑容：「昨天晚上去家教，翹團契了。」

「妳有在收學生啊？」

「對啊，沒什麼啦，只是家教賺賺零用錢囉。」

「很厲害耶，才大學而已。」

「沒有啦，大家都這樣啊。」靦腆地說：「所以徐姊，妳昨天看到其他人囉？」

「對啊，大家看起來都很可愛。」

「是嗎？」頑皮的口吻：「大家沒欺負妳吧？還有李哥啊，他很寶哦！」

「沒有啦，大家都很好，很友善啊。我覺得你們團契氣氛很好耶。」

「還習慣嗎？」

「很好啊，很期待下次聚會。妳下次會來吧？」

「當然啊，昨天是臨時的啦。而且團契人都這麼少了。我們團契蠻迷你的，有時候期中考期末考什麼的，人數又更少，當然要多多捧場啊。」

「無所謂啦，人數不是重點，我覺得你們這樣，好像感情更好喔。」

「可能吧，比較容易熟是真的。其實我們大部分都是從小一起在教會長大的，就是跟著父母來教會的，嗯，幾乎都是。大概只有穎穎跟阿綸，穎穎是跟小莉來的，她是小莉高中的學妹；阿綸是愷子的朋友。」

聊得正熱絡，兩人沒注意到，李哥帶著女兒進門。

「早啊！子婕今天司琴啊？那麼早。那，妳剛跟徐姊聊過囉。」

三人相視而笑。

「佩淇，子婕負責團契的音樂事工，超強耶，音樂系氣質美少女，琴彈得超好，還拉大提琴喔。」

「謝謝宣傳喔，經紀人！」

徐佩淇忍不住笑了。一如昨晚，李哥一出現，加上年輕人很自然的一搭一唱，氣氛就會變得輕鬆。

人群漸漸聚集，主日的忙碌就這樣展開。徐佩淇被介紹認識了許多人，這些人又再介紹她其他人和其他服事。她覺得這裡的人都很熱心，不斷有人主動找她攀談，教她該做哪些事、怎麼做；她被邀請加入詩班會前的練唱；換詩袍的時候，她旁邊的碧月還幫她扣後面的釦子。

第一個主日就在匆忙中度過，講員的講道她沒什麼聽進去。整個上午一下子接收太多人事物，令她有些混亂和飄飄然，雖然她覺得這一切是好的。

宜人的秋天，在這個九月中的大清早。雖然不用上課，穎穎還是硬撐著爬下床，為了赴約。

本來，週末似乎是大學生補眠的最佳時機，特別對於團契的契友們來說更是重要，畢竟禮拜天一大早還得做禮拜。

也不知道從哪時候開始，三個小女生就形成了這份默契，或著應該說建立了一個不成文的慣例，「禮拜六早上全家角見！」而且不是一般年輕女孩的逛街、聊八卦那麼簡單的活動，而是相約騎腳踏車晃晃，然後以咖啡店的早餐作為結束。

穎穎對著鏡子梳頭髮，動作有些僵硬呆滯。昨天晚上為了趕社團的一個劇本，她留在學校和同學討論到很晚，搭末班公車回家後，又拼命寫了一些，幾乎沒怎麼睡。

可是她還是醒來了。看著鏡中兩眼無神的自己，真搞不懂為什麼養成了這麼要命的習慣，不管前一天累到什麼程度，禮拜六清晨五點，生理時鐘就是會不管春夏秋冬把自己叫醒。

是怎麼開始的呢？想到這時她似乎清醒多了，從衣櫃裡扯出一件T恤，打開抽屜，仔細地挑選帽子。

似乎是高中的時候，可能是愛漂亮的子婕提議要減肥，就拉著她和小莉一起開始吧。隱約記得那時子婕不知道哪裡聽來，騎腳踏車好像對瘦大腿很有用；有待克服的問題是：亞熱帶台灣的太陽可不是好惹的，所以第一次就約了個五點半，就在她們的老地方「全家角」，以後一切的習慣就這樣延續下去了，誰也沒有異議。

騎著騎著也有個把年了，大腿尺寸沒減少過，運動後的一頓早餐也從來沒省過；可是除非發生像是下雨這類不可抗拒的因素，不知道為什麼沒有人提議過取消這個活動。

路線由三個人輪流決定，其實這附近也就這麼大，倒沒有什麼誰作主或是「路線之爭」的問題，騎來騎去差不多都是在繞圈子，只不過是為了省去到底接下來該往哪個方向的問題，每個人輪流作個指揮罷了。

戴上去年參加文藝營時拿到的粉紅色棒球帽，穎穎拍拍臉頰，對著鏡子中的自己扮了個鬼臉，打起精神下樓去，騎上腳踏車往集合地點前進。

帶頭的人會決定一週一度的「腳踏車之約」在哪裡結束，不過，地點的名稱雖然不盡相同，地點的本質卻是相同的——早餐店。當然，附近的早餐店就是那幾家，更重要的是不論各自偏好的早餐店是哪一家，那種可以提供聊天的好桌子和好飲料的店通常是她們共同的選擇。

今天輪到穎穎決定路線，不過她畢竟昨晚熬夜，現在還有點處在意識不清的狀態中，她一邊往集合地點騎去一邊思考這個問題。

集合地點被她們戲稱為「全家角」，因為站在這個點，在正前方和正左手邊分別可以看見一家全家便利商店；這也是團契的祕密集合地，首先稱呼這個點的始作俑者是誰，已經不可考了。偶爾沒話題的時候，契友們也會不可免地爭論著究竟是誰先發現這個新大陸，只是從來就沒有爭出個所以然來。總之站在這個路口，可以同時看到兩家全家便利商店，另外又有一家7—11便利商店和夠大的騎樓，等人時可以進去7—11晃一晃排解無聊，一群人站在這裡也不太會擋到路人，基於這些好處和好玩的心態，團契出遊時總是會約在這個「全家角」。

「何穎穎女士，妳的眼睛怎麼可以腫成這樣？」

子婕和小莉已經等在全家角了，而且注意到穎穎的睡眠不足。

「我好累，昨天在學校討論劇本弄好晚。」

穎穎停下腳踏車，打了一個大哈欠。

「哇，妳小心點，今天輪到妳帶路，會不會出車禍啊？」

「那麼累怎麼不傳簡訊來呢？」

三個女生總是相互擔心，這畢竟是一場對大學女生而言過早的約會，卻也忘了其實自己前一天也不見得睡得很夠。

「放心啦！」穎穎伸了一個大大的懶腰，然後馬上踩著踏板出發：「上路囉！」

「喂，紅燈耶，很危險耶！妳果然沒睡飽。」

子婕有些反應不過來，落在後面一邊急著跟上一邊喊著。

「拜託，大清早的，現在闖紅燈既不會撞到人也沒有警察伯伯開罰單啦，安啦。」

小莉和穎穎並肩馳騁著，為違反交通規則行為的安全性背書。

「倒是要小心早起運動的阿公阿嬤喔，他們身體一定都很『勇』，如果跟他們對幹起來，我看我們是輸定了。」

穎穎開玩笑地提醒大家。

於是三個人就這樣上路了。這樣的開場不見得有什麼固定的形式可循，過程也是如此，總是一陣亂哈拉之後，帶頭的人就會臨時起意地發動腳踏車，隨後其他人跟上，繼續未完的話題，而且必定持續到早餐時刻。

「我的天啊，妳昨天晚上熬夜還這麼有精神喔！」

子婕氣喘噓噓地追上兩人。

「喔，別提了。」穎穎想到昨晚，辛苦疲倦就襲上心頭：「準備迎新啊，還有這禮拜有幾門課已經要我們開始討論報告，才剛開學耶，累死我也！」

「嗯，唸物理就是一個明智的抉擇，很多事情自己想想，想通就好。」

小莉自顧自地慶幸著。

「快別這麼說喔，妹妹。」子婕皺起眉頭，她對學科，特別是理科可是一點好感都沒有：「嗯，像妳這樣我還寧可每天逼自己練十小時鋼琴喔！雖然期中考期末考，為了上台演奏心裡都要來一番交戰，是很痛苦啦，而且一年四次，不過還算得上是自己的興趣囉。」

「對對對。」穎穎附和著：「凡唸書必造成痛苦，反正橫豎都會有痛苦，那我寧可承受我這種。什麼物理化學，我可是好不容易才脫離的。」

「妳們不懂，基礎科學跟神學有關，我唸這個，是在接近上帝。」

小莉一本正經地說著；又像在開玩笑。

「又來了！」

「那妳怎麼不去唸神學院？更快！更接近上帝喔！」

「話不是這樣說的。」小莉故作正經地反駁：「我們這基礎科學，都算是高級神學，是隱喻的神學喔，神學跟我們比還是，妳知道，有些膚淺囉！」

「所以意思是說，像是徐姊他們，就是在研究比你們稍微膚淺一點的東西？」

話題轉到徐佩淇，瞬間終結了她們的嬉鬧。對新來者品頭論足一番，應該是每一組女生團體都會做的事。

「對，說到新來的輔導，」小莉也許是想轉移話題：「妳們覺得她怎麼樣？」

「我可是第一個看到她的唷，我覺得她好像比較內向耶，話不太多。」

「那是因為妳太聒噪吧！拜託，那天妳去帶她，我們在樓上遠遠就聽見妳一個人嘰哩呱拉講不停，人家哪有插嘴的餘地。」

「沒錯，而且妳那天超像在自言自語的，一個人說得很興奮，妳這樣會嚇到人家，我看她是被妳嚇到才不太講話的吧，想說哪有第一次見面就可以講不停的人。」

「妳們很奇怪耶，這是禮貌吧，我是看人家第一次來，人生地不熟，怕她覺得不自在，多說一點話，看能不能引導她。」

「不過，話說回來，徐姊看起來，蠻……樸素的。」

很像對外表很講究的子婕該說的話。

「也許神學生都這樣吧，妳有看過哪個牧師或傳道打扮得花枝招展嗎？應該也會嚇到人。」

「不對，」遇上一個紅燈，子婕正好準備發表她的觀察高見：「不只是外表，我說的不只是那些可修飾的部分喔，牧師他們當然都不怎麼打扮，可是這個輔導，老實說她整個氣質……也不適合打扮。」

「妳是說……」

小莉有點不甚了解。

「陳子婕是在說徐姊很土啦！」

穎穎搶著作結論。

「欸，我沒有說喔，是何穎穎說的。」

子婕忙著撇清，畢竟感覺上這樣說總是不太道德。

「妳明明就是這個意思。」

穎穎作勢要打子婕，交通號誌的轉換卻讓子婕重新啟動踏板，穎穎前傾的身體差點重心不穩。

「又不是要來選美的，那有什麼關係。」

「我只是說一個事實，no judging。」

子婕澄清著。

「對嘛對嘛，」穎穎深表同感：「雖然徐姊那天沒說到什麼話，不過我可以感覺得到，她很善良、很隨和，一定很好相處。」

「我倒是覺得，我們每個人自我介紹的時候，她都很認真地在聽耶。」

「對對對。」穎穎急著表達贊同：「就像我帶她進來的時候一樣，我想她應該是聽我亂扯聽得太享受了，所以都沒有說話。」

「妳會不會想太多了？」

「我看是想太少吧！」子婕忍不住吐槽穎穎：「她是昨天睡太少，腦筋秀逗短路。」

「說到這個，」想到自己確實睡眠不足，穎穎結巴地對今天領隊的子婕笑著：「姊姊，我們停下來吃東西，補充熱量好不好？」

「快到了啦，我想吃貝果。」

「喔，感謝上帝！就在前面啊。」

穎穎使出最後一點力氣，飛快往前騎去，把另外兩個人甩在後面。

「她真的餓了。」

兩人望著她的背影發笑。

「快點嘛，人家餓了！」

子婕和小莉到門口時，穎穎老早就停好了車，不耐煩起來。

「差十秒耶，餓一點等一下吃比較多，乖喔。」

小莉故意安慰著她。

「不過，」進早餐店前，子婕突然想起什麼，補上這一段：「搞不好那個輔導只是外表不時髦而已，她自我介紹的時候，還引用了『侯佩岑』的『佩』跟『舒淇』的『淇』，其實她還是有在關心影劇版的嘛。」

李牧師開著車，坐在助手席的師母表情凝重，徐佩淇坐在後座，時而閉上雙眼，像是在沉思或禱告，時而不安地看著窗外。三個人不發一語。

時序是令人感到舒適的深秋，教會正在為下個月底的感恩節忙碌，一切都還算順利，因為徐佩淇的到來幫了不少忙，牧師和師母都感覺比過去輕鬆了點兒。然而此刻的事件卻打亂了原有的平靜，更形同為徐佩淇的實習生活投下了一顆炸彈。

正在沉思的時候，手機忽然轟然作響，徐佩淇有點尷尬，慌張地摸索了一陣，才找到應答的按鈕。

「嗯，我們快到了。」

「是李哥。」

掛上電話，她怯生生地說。沒有人回答她表示聽見，這讓她更覺得緊張，剛才那打破車內凝結空氣的手機鈴聲，似乎讓前座的兩人有些不悅。她接起手機時注意到師母皺了一下眉頭。

終於，來到目的地——醫院的病房外。

「牧師，師母。」

「陳長老。」

李牧師上前去握住陳長老的手，他太太見牧師來了也想站起來致意，卻因為太過虛弱顯得有些吃力，還是靠鈺蓁的攙扶才勉強半站了起來。

「牧師，麻煩你們了。」

「別這麼說，現在怎麼樣了？」

「還好，醫生給她洗胃，她現在還在休息，大概再一小時才可以進去看她。」

徐佩淇看著眼前的人進行交談，注意力全不在談話的內容，只是努力想確認眼前的人究竟是誰。剛剛和牧師交談的中年男子是陳長老，上上個主日就是他主講的，她來教會的第一個禮拜天下午，牧師就有介紹過的。旁邊那個年輕男子她沒見過，看起來大約二十五、六歲，高挑而挺拔，應該是子婕的哥哥，她記得聽子婕談過，說有一個正在美國唸研究所的哥哥。

有兩位女士本來坐在椅子上，在陳長老和李牧師寒暄時站了起來，較年長的那位打扮簡單而講究，面容十分憔悴，徐姊對她實在不太有印象，從關係推斷應該是陳長老的太太錯不了；她旁邊那位看起來正在安撫她、較為年輕、有著俏麗的短髮造型，徐姊覺得她面熟，彷彿見過，她不斷在腦海中搜尋對這個女士的相關記憶。

「佩淇，這位是子婕的媽媽翠暖姊。這位是團契現在的輔導，就是來教會實習的那個神學生。」

正在思考有關這位年輕女子的記憶，她卻突然把自己拉過去，介紹了一番。

「您好。」

徐佩淇隱約聽見這位年輕女子稱呼陳長老的太太「某某姊」，想必是對方的名字吧，但是她沒有聽清楚，沒把握喊對，也就沒有稱呼對方，還沒頭沒腦地這樣打了招呼，才脫口而出便懊惱自己的粗心大意。她注意到那年輕女子愣了一下，推推自己，好像注意到自己正在失神的狀態。

對，她就是鈺蓁姊，是李哥的太太，那天牧師也介紹過的。有一個禮拜天午後，李哥和她還請自己去吃過下午茶，她們是聊過的。

「陳媽媽，您好。」

那中年女性失魂落魄地望了她一眼，仍舊低頭不語，她的女兒不是第一次這樣傷害自己了，這讓她專注在自己的悲痛中，沒有多餘的心思注意眼前這個陌生人的問安。但是這在徐佩淇看來，不禁以為對方對自己有所不滿。

她覺得自己表現得笨拙。自己也老大不小了，還跟著青少年叫人家「媽媽」，這一定讓對方覺得反感。她自認是敏銳的人，在這種狀況之下卻不知道該說什麼、該如何表示。第一次見到契友的家長，卻在這種狀況下，有種自責的聲音在她心裡，好像是責怪她沒有做好輔導的工作，讓女孩現在躺在急救病床上，和死亡拉鋸。

長老走到妻子的身邊坐下，以最平靜的姿態。她以為夫妻會有些互動，結果沒有，他們就像任何一對老夫老妻一般，只是並肩而坐，迎接一個漫長的等待。

她知道子婕的父親是大學教授，教聲樂，看上去一絲不苟；但他也是教會的長老，這身分又讓他混合了一點慈祥。陳長老似乎剛從國外洽公完畢回來。當然徐佩淇並不期望在這種場合，給陳長老留下什麼好印象，面對這一刻，從他的臉上讀不出太多情緒，只能說看起來很沉穩，這種沉穩好像是他無時無刻都展現著的。

醫生從手術房出來，就像在任何一個類似場景應該發生的劇情那樣，他宣布做了什麼處理、病人的狀況、接下來的可能性，回答家屬親友的問題。只是這裡的家屬親友問題並不多，也不很激動，眾人皆悲傷而鎮定。

李哥開始和子婕的父親與哥哥交談，牧師和鈺蓁姊則低聲安慰突然淚如雨下的子婕母親，彷彿所有人自動分了組。徐佩淇往人少的那組靠過去，卻又突然覺得靠錯邊，懷疑是不是到女生那組比較恰當，儘管一個字都說不出，只能搭不上話地聽著。

子婕不是第一次這麼做了，就他們已知的紀錄來看，今年是第三次了，過去的兩次割腕都只是輕輕劃破了皮，沒什麼大礙，更沒進過醫院。第一次發生在寒假，大家都嚇到了，拚命安慰她，還幫她商請學校，讓她暫時休息一個禮拜；第二次大家就覺得子婕只是在鬧，為此她父親還斥責了她一頓。

這次她總算「很有決心地」吞了半瓶安眠藥，而且還被媽媽發現。

「今天晚餐本來還有說有笑的，我昨天才剛回來，她哥哥更是難得回來啊！他們媽媽煮了一桌子的菜，完全沒有任何異狀。晚上我太太卻一直翻來覆去，睡不安穩，起床兩三次，最後一次她跟我說不知道為什麼有聲音要她起來，就走到子婕的房間裡去看，沒想到就發現床頭的藥瓶。」

「……」

沒有人說話，這樣的靜默令人窒息，徐佩淇馬上覺得要有所回應。

「長老，我會跟她好好談談。」

男人看看她，嘴角上揚擠出一絲示意的表情。

遠遠地，在夜半急診室的走道盡頭，徐佩淇看到穿著雨衣、全身濕漉漉的阿綸。

聚會結束，今天的氣氛很低迷，比平常用了更少時間，沒有太多的玩笑或鬥嘴，每個人都很有默契地避免著。

事發後李哥和徐佩淇討論過，長執們似乎希望維持低調，特別是子婕的父親。

「我們想讓她休息一下，希望她的缺席，不會驚動大家。我想她需要靜一靜，好好想想。」

陳長老這樣告訴她和李哥。

「真的，不需要跟大家談嗎？」

她曾經這樣問李哥。

「怕最後會變成論斷與嚼舌根吧！他們也都大了，有些事需要時間醞釀，有時候需要先想想，再動到嘴巴，我比較傾向讓所有人冷靜冷靜，也許以後，等一段時間再說吧。」

好幾次她都想脫口而出，可是也許李哥是對的，畢竟他和這群孩子相處很長時間了，一定比自己了解他們。

「還有時間，」阿綸請大家留步：「我和愷子，做了一張卡片，請大家寫一寫，我想，我們應該幫子婕打打氣。」

徐佩淇和李哥對看了一眼，沒有說話。

正在收拾場地的眾人幾乎同時僵住，整個空間好像凝結一層薄膜，誰都希望它破掉，但誰也不想作戳破它的那個人。

「我先寫吧。」

穎穎接過卡片，走到大堂，坐在一張長椅上，她試圖動筆，但寫了子婕的名字後，卻發現腦袋一片空白。

「陳子婕這個笨瓜！」

穎穎咕噥般地說出這句話，眼淚就突然掉個不停，小莉坐到她身邊，拍拍她，跟著哭了起來。

「別這樣說，她一時沒想那麼多。」

阿綸用平靜的聲音說著，大家才發現他眼眶早已濕潤。

「那個姓鄭的最好不要讓我遇到，不然我一定會揍他！」

愷子撂下狠話。

「子婕為什麼那麼死心眼？三番兩次為了那種東西！」

「是他不對吧！當初追子婕追得那麼勤，想不到追到手就變了個人，隨便一個學妹黏上來都來者不拒！」

「子婕不應該跟那種人繼續下去啊，男未婚女未嫁，趁現在看清楚趕快放手不是很好嗎？為什麼……」

「好啦！」溫和但堅定，李哥中斷大家的你一言我一語：「現在不是討論誰對誰錯的時候。」

「我想大家都很心疼她，從不同角度想幫她說話……」

徐佩淇看了李哥的臉，突然自覺話接得不得體。

「在寫卡片之前，」李哥走到大夥中間：「我想，這個心意很好，但情況非常特殊，我想我們應該小心處理。現在大家都會很想幫她做點什麼，我明白，我也很高興你們都夠成熟，每個人都在壓抑，考慮到她和她家人的感覺。我也覺得寫卡片給她，會有所幫助，也許也是現在唯一且比較適當的方式。不過很顯然大家都有點激動，子婕很敏感，如果不夠小心，大家有沒有想過也許會再傷到她？」

阿綸低下頭，眼淚仍然掉個不停。

「李哥，阿綸是好意的。」愷子企圖為他辯護：「他只是很內疚，我們每個禮拜見面，大家都沒發現一點跡象，我們也許有機會可以預防的，她有前科，可是我們卻掉以輕心。至少我們現在應該做點什麼吧，至少讓子婕知道我們很在乎她吧。」

徐佩淇的雙眼掃視著阿綸和李哥，好多話語和顧忌悶在心裡，她突然決定，把這些一起釋放出來。

「李哥沒有責怪什麼的意思，也沒有說寫卡片不好，但是我們的好意必須善加運用，不然傳遞出來變成傷害，就不好了。」

她預備繼續說下去，還是忍不住看了李哥一眼，她發現李哥示意的眼神。

「我覺得，這件事情，不只是子婕，大家和她這麼好，我相信你們或多或少也很震驚，甚至也有受到傷害；不過既然大家想為她做些什麼，那麼，我們暫時都把自己的感受放在一邊，把焦點放在子婕的身上。你們想，子婕現在應該會最想要什麼？如果是你，你希望其他人怎麼做？」

空氣在無聲中解凍，徐佩淇屏住呼吸。

「子婕最喜歡海綿寶寶了。」

小莉若有所思地牛頭不對馬嘴。

「那明天主日崇拜後，大家一起去買一條海綿寶寶的毛毯給她，好不好？」

「卡片，」阿綸的口氣裡還有一絲哽咽：「我先收起來好了，她先好起來比較要緊。還有我想，要不要小莉跟穎穎當代表去看她就好了，太多人也不太好。」

「嗯，她也許不太能被探病，畢竟還是多休息好。」李哥想起陳長老的叮囑：「萬一真的不行，看要等一段時間，或是我拿給她爸爸，請他轉交或怎麼樣。」

「要去哪裡買毛毯？大概多大啊？可是她在醫院裡也有棉被啊，會不會用不到啊？還是買小檯燈？」

「買免洗餐具也可以，她在醫院一定用得上……」

就像討論聖誕節演戲或復活節活動那樣自然，眾人又熱絡起來。徐佩淇突然有一種渴望，希望這一幕被躺在病床上的子婕看到；也許這會提醒她，不論她覺得眼前的這件事有多麼難以承受，神的愛藉她周邊的人一直存在，一定可以支撐住她。

「嗯，我們來幫子婕禱告吧。」

下意識地同意之後，大家不約而同愣了一下。

「親愛的天父，我們知道祢愛子婕，祢也看顧子婕，求主不僅保守子婕的身體，也看顧她的心懷意念。求主讓她真的看見，不僅主祢愛她，祢還差派我們這群人來愛她；讓她明白，祢造她獨一無二，祢看她甚為美好；讓她知道她是祢最寶貴的、是祢用重價贖回……」

Chapter2

倚靠

我是基督徒，

神不會容許我失敗！

十二月初的早晨已經可以感覺到一絲寒意，持續了好幾天，像這樣的冷冽而晴朗，很能讓人精神抖擻，是愷子最喜歡的天氣。

上完三堂課，愷子打起呵欠。

拿出背包裡的手機，並沒有如他預期的、塞滿祝賀的簡訊。

覺得有些不對勁，看著路上來往的人群，他快步走到計中，打開學校網路。

同樣出乎自己預料之外的，他竟然沒看到熟悉的三個字。

……

搞錯了吧！一定是這樣，網路的訊息難免有錯。他又急又氣！暗暗地咒罵一聲，快步跑到教務處旁邊。

高人一等的他並不受人潮的影響，輕易看到了「理論物理研究所」的區塊。

沒有，沒有我的名字……

生平第一次，有一種從高空直直墜下的感覺。站在人群中，所有的嘈雜都化成背景；寒冷現在變成一種對他的嘲弄，令人倍覺悽涼。

沒有想過生平第一次的落榜，會發生在這時候；或許應該說，沒有想過生平會有落榜這種事發生在他身上。

然後事情就這樣發生了，淡淡的，沒有想像中強烈；愷子忽然意識到自己竟然還有直立的勇氣，這讓他感到無比的羞愧。

他一向自視為優等生，不管是事實上或在別人眼中，他就是名符其實的優等生，很聰明的學生。他並不仗勢這優勢而吊兒啷噹，反而立志成為一名研究者，愷子很清楚這就是他該做的、他渴望的。

再次核對榜單上的名字，他看到幾個同學的名字被清晰地印在上面，有他不熟的同學、他的死黨，有他的對手、也有他從來沒放在眼裡的，有大家先前就看好的、也有所謂黑馬。

不過身分的認定都已經不重要了，重點是這些人現在都在自己之上！而這是他最不能忍受的！他向來是在眾人之上的！

「愷子，還好嗎？」

熟悉的聲音從耳邊傳來，是他榜上有名的一個死黨，死黨都還不用開口，他的存在對愷子而言，就是一記狠狠的打槍。

「叫你好久了！還好嗎？」

所以這傢伙現在可囂張了，他贏了，現在他想來可憐我了。

「你該不會想安慰我吧？」

冷冷拋下這句話，沒有想像中的爆發，愷子轉身就走。

衝進車裡，愷子腦中一片空白，悲憤交加讓他忘記中午的飢餓，用盡全身的力量握緊方向盤，好像要把它捏個粉碎；直到力氣使盡，他突然猛力對著方向盤一陣猛搥，然後伏在上面哭了起來。

一時之間他不知道要怎麼定位自己，好像一次的考試就為他的過去打上了一個大問號，突然他不知道自己是誰、是怎樣的人、還能掌控多少。

也許最令他不能忍受的，是不如他的同學也上了。這證明什麼？他不敢繼續推論，深怕推出他最恐懼的結果。

複查成績？這個他從來不用煩惱的問題浮上腦海。但這代表另一種恥辱，只有弱者才會以這種管道尋求解決，有能力的人不需要這種援助；世界一向崇拜強者，充滿了給強者的機會，只要你夠強！

他並不覺得問題出在自己這裡，寫考卷、面試，一切就和一直以來的考試一樣順遂；老師的偏見？但自己和老師相處良好，老師也大多很欣賞他，他記得面試的氣氛，就像和老朋友午餐似地輕鬆。

他想起明年四月分的研究所入學考試，他仍有機會，反正自己一向是考場上的常勝軍。想到這裡，他覺得人生又充滿勝算。

他搖搖頭，又失落頹喪起來。現在不是這個問題，這是面子問題，一向穩穩傲視全班的他意外落榜，很難想像接下來的日子要怎麼面對同學、朋友和自己。

這個要命的時刻，他想起家人，更準確地說，是他的弟弟，這個家裡的唯一例外。在這個基因優良的家族裡，他和弟弟、那個愚笨的弟弟之間極大的反差，更讓他自豪。弟弟，怎麼說呢？就顯得很「特別」吧，和家裡都是第一志願的其他人，真的很不一樣。唸書，差強人意，運動也不行，社交？別開玩笑了，弟弟幾乎跟害羞的小女生沒兩樣，怪彆扭的，唯一可以確證他們是兄弟的，應該只有長得像這點吧。弟弟一直以來都慢慢的、呆呆的，應該也不是假裝或故意的吧，漸漸大家就如是地接受了。

愷子可以感受到父母那種以自己為傲的心理。身為長子，他享受這份榮耀，卻也漸漸在心裡產生埋怨。他受不了弟弟好像仗著他的不聰明，就可以完全不必承受任何期待。愷子並不是覺得被期待不好，不用別人要求，他已經對自己期許很高。問題是，這個家裡明明有兩個孩子，為什麼他常常覺得自己是獨生子，什麼事都要他來，弟弟偶爾在旁邊插個花就好。像是過年過節、親戚來拜、家裡發生大小事的時候，不消說，爸媽只會期待愷子幫忙甚至負責張羅；弟弟呢？看都不用看就知道沒他的事，一邊涼快就好，從來也沒對他表示感激之類的，好像他天生活該倒楣就是要負責這些。作為長子，愷子也就認了，但是類似爸媽生日、父親節母親節之類的，也要他出主意，弟弟從來都不會主動提議什麼，只會說：「你覺得呢？我都配合你。」真是廢話！弟弟總是在這種時候異常靈巧，反正推給哥哥就好了，待哥哥張羅一切，全力配合即可。爸媽也是他的耶！什麼叫「我配合」就好！

諸如此類的事情，只能說不勝枚舉，其他的不用說，那些從長輩而來、無形的壓力和期許，當然只會在愷子身上。「在這個家裡作弟弟真的是太美好了，他只要負責繼續呼吸，大家就謝天謝地了，沒人敢對他多要求什麼。我呢？」愷子心想，「我就不同了，我不能出錯、不能無知、不能表現任何一點軟弱。」他可沒有要這樣！他這種很少失誤的特質是天生的，更何況他自己也不容許自己失敗。可是有時候，就是很偶爾的時候，他也想耍笨，想要抽離他天才少年的形象，想像一般的年輕人一樣，表現出腦殘的一面，雖然他不知道那是什麼感覺。

「考試落榜，我還有什麼資格作這個家裡的完美長子、天才大哥？」恐懼又襲上他心頭，他記不起這次的推甄過程到底哪裡出了差錯。那麼明年的考試呢？他怎麼知道意外會不會又發生？

無聲痛哭不知多久之後，愷子發動車子，只想開到一個沒有任何人的地方。

「你今天很文靜喔？」

看得出愷子一整個晚上極力保持鎮定、強裝沒事，但仍提不起勁開任何的玩笑；少了他和穎穎的鬥嘴，今天聚會的氣氛有點僵。

他白了穎穎一眼，繼續收拾他的東西。「妳要糗就繼續糗啊，反正我最近已經夠糗的，再多妳一句話也不會怎樣。」

得不到應有的回應，穎穎感到很不習慣。

「啊唷，幹嘛這樣？說一下都不行？」

「少惹我。」

眾人嗅出濃濃的火藥味。

「你心情不好哦？」

小莉示意穎穎別再說下去，現場的每個人都知道這句是明知故問。

「妳的嘴可以再犯賤一點！」

愷子冷冷拋出這句話，雖然這在他倆過去的對話中也有過記錄，但今天可沒有一點戲謔的口吻；阿綸悄悄接近兩人，深怕愷子會情緒失控。

「哦？你怎樣？想打人啊？動手啊！」

這時李哥也忍不住白了穎穎一眼，不過她沒看見；小莉又拍了穎穎一下，疑惑她以前並不至於白目到這種程度。

愷子說不出任何話，他並不是真的想打誰，他只是有滿腔怒氣，誰都不想理。

但既然穎穎都這樣說了，倒也不失成為一個可供發洩的管道。

他走向前去，李哥走過去擋在穎穎前面，阿綸則從背後將愷子拉住。

「好了，沒事了。何穎穎，道歉。」

李哥常常在正經起來的時候，以全名喊他們。

穎穎臉很臭，不發一言。

「道個歉吧，妳為什麼這樣惹人家？」

「我又沒怎樣！」

她覺得委屈，自己只是像平常一樣說話，不一樣的是愷子。

李哥不說話，堅決地看著穎穎；徐佩淇在一旁，感受到李哥的威嚴。

「沒考上就沒考上嘛，幹嘛一整個晚上擺臭臉！」

空氣凝結有一秒之久，每個人都確定這下真的完了。

出乎大家意料之外，愷子拿起他的包包頭也不回地往外走。

阿森看著李哥，投以求助的眼神；他已經告訴李哥最近的狀況，希望他有機會勸勸愷子；在家人面前，愷子很強烈地防衛著自己的情緒。

李哥很快追了出去。現場的每個人開始後續的動作。

「妳幹嘛這樣？」

「一定要點破嗎？妳明知道他……」

責備穎穎的聲音此起彼落，直到她委屈地掉下眼淚，眾人才不再說什麼。

小莉走向穎穎，拍拍她的背，阿綸則要大家把聚會場地收一收，現場變得一片安靜，令人窒息的那種安靜。

李哥沒走多久就看到愷子，他靜靜坐在附近小公園的椅子上。

李哥走過去拍拍他，不確定自己該不該坐下。愷子這孩子的自尊心很強，儘管很確定他現在只欠缺一個安慰，但是該用什麼方法，卻需要再三拿捏。

愷子看也知道李哥很想找他談，不過他還沒準備好和任何人談什麼，他也不覺得自己會像一個弱者一樣需要談談。

僵持一陣的沉默之後，李哥決定坐下。

直到遠遠看到徐佩淇的身影，李哥忽然有點慶幸，救兵來了。

她在旁邊的翹翹板坐下，發出咿咿喔喔的聲音。

李哥這才發現，三個人的沉默比兩個人的沉默更叫人難以忍受。

「愷子，我想為你禱告，你可以說說看，有什麼需要代禱的嗎？」

徐佩淇的開場白，突然讓李哥更覺得害怕。

「沒有。」

平靜的口氣。

「那跟我一起禱告好嗎？短短的就好了，你只要閉眼睛就好了，還有李哥，我們三個人一起禱告好嗎？」

徐佩淇自顧自地說了起來，沒有顧慮另外兩個人有沒有跟上她。

「親愛的天父，我們知道祢愛我們，祢也愛愷子，祢深知也顧念我們的需要，即使我們沒有說出來，但祢記念我們心裡的軟弱和不足，而祢也都看顧。奉主的名求，阿們。」

愷子漠然地看著徐佩淇和李哥閉上眼睛又睜開眼睛，沒有真的參與其中。

「你也許不想說出來，或者不覺得你有什麼特別的需要，我覺得那都沒關係，重要的是你只要知道，上帝很愛你，祂一直都很知道你的需要，祂也想幫你，只要你想到了你的需要，隨時都可以開口跟祂求。」

徐佩淇的話也吸引了李哥；可是他也了解愷子，他肯定愷子不會因為溫情攻勢而卸下心防。

「我覺得，只是我個人感覺啦，」徐佩淇繼續說道：「穎穎是關心你，才會那樣說，她可能表達得很不好，可是你今天都沒跟她鬥嘴，一定讓她感到很孤單。」

愷子輕輕哼了一聲，心想：「我為什麼要為她的孤單負責？」

「其實大家都想關心你，只是不知道該怎麼開口，因為你好像一無所懼。」李哥決定說些什麼：「誰都不想遇上這種事，可是你想表現地好像不受影響，而事實上又有受影響，這種感覺讓大家都很不知所措，不確定該怎麼對你。」

愷子不說話。

「你家人也都很擔心。」

哦？所以我那個大嘴巴弟弟話傳得真快！

「你還有機會的啊，不是還有考試嗎？你考試最厲害了！怕什麼？」

「我可從沒怕過。我又不是因為怕才沒考上。」

他終於開口，好像回到了他關心的正題，沒考上的羞恥最近一直縈繞心頭，他多希望有澄清的機會，證明他不是因為能力差才沒考上。

「愷子，你真的什麼都不怕？」

「我覺得上帝真的會保守我，我相信著，而且，二十多年來，好像真的都是這樣。」

理直氣壯。

「真的是這樣嗎？」徐佩淇笑了：「愷子，你相信的，真的是上帝嗎，還是你自己？」

「什麼意思？」

他有些困惑，卻怕被看穿，下意識防衛起來。

「愷子，你知道嗎，就連耶穌也有害怕的時候耶。」

愷子皺眉頭。

「你記不記得耶穌要被釘十字架前的禱告，聖經上形容祂的汗珠像大血點滴在地上。」

「嗯。可是那不同，祂道成了肉身，擁有人肉體的軟弱。」

嗯，聖經故事很熟。

「愷子，就連神道成了肉身，也不免產生和我們凡人一樣的弱點，那你憑什麼這麼自信滿滿地說，你什麼都不怕？」

「啊呀，徐姊，這是我根據經驗法則得來的。我覺得我做很多事情，真的都是上帝有在保守我，一直都是這麼順利的。」

「這是你說給我聽還是說給上帝聽的？你真的有這樣相信嗎？還是真的因為一切太完美了，所以你心裡早就看為理所當然，然後崇拜的對象變成你自己，而不是上帝呢？」

愷子其實有點接不上話，從小他很少被人這樣質問，每一個人都知道他絕頂聰明，就像他自己所認知的一樣，很少有人這樣正面挑戰過他的「智慧」，在他心中一向溫和的徐佩淇這樣對他說，他一時反倒有些招架不住。

徐佩淇也明白，愷子就是那種反應很快的孩子，自信滿滿，是那種她從小最羨慕的、稱之為好學生的一群吧，而她自己卻從來就不是他們之中的一分子。面對這種人她向來也很容易產生自卑感，就算是比她年幼的愷子，有時候她都不得不承認自己有一點害怕和敬畏他。今天她卻不知自己哪來的勇氣，膽敢這麼直率地跟他說話。

「你這次沒考上，可以感覺這打擊你的自信心，你可能開始懷疑自己過去的聰明這次怎麼失效了，自己過去的運氣怎麼失靈了，我倒覺得這是上帝給你的一個機會，一個讓你去重新認識祂的機會。」

愷子倔強地瞪著地上，說到上帝，如果這次真是祂搞的鬼，那才叫人生氣呢，沒事幹嘛給自己這麼大的難堪呢？

「我相信上帝最了解你，比你自己還了解，祂知道你很聰明，祂讓你生得這麼聰明，也一定是要使用你的聰明；可是祂更希望你去思考祂對你的期待，因為有時候你好像厲害到不再需要祂了。」

所以上帝就是見不得人好，總是要讓人很糟很爛，這樣大家才會乖乖任祂擺布？

「祂並不是要控制我們，祂是因為愛我們才這麼做的，祂知道我們的聰明有限，很多時候人再有智慧也想得有限。我們看我們自己不論好壞強弱，常常都很片面，可是神對我們的了解卻很透徹，祂知道怎樣使用我們最好、最合適；如果我們願意相信這點，願意尋求祂對我們的計畫，祂會讓我們知道。」

但是本人並不需要！我一向靠自己走出我自己的路！

「好吧，即使你沒有意願，上帝愛我們，祂會希望我們尋求祂，因為祂知道我們的軟弱有限，讓我們幾乎永遠無法清楚認識自己；只要你願意靜下來尋求祂，祂必定會讓你知道祂對你的期許；而我總覺得，那甚至比我們自己所希望的更多、更好。」

還能好到哪去？我之前那樣還不夠好嗎？

「也許這次，祂要你看到你之前沒看到的事情。」

李哥話中的玄機，讓愷子專心起來。

「放榜當天，阿森就打電話給我，希望我找時間跟你談。」李哥看出愷子的不高興，他最痛恨軟弱被暴露：「你不要去推測他在想什麼，我覺得他很了解你又很關心你，你們家的人都是，沒人敢去碰你的痛處，因為知道你不願意攤開來說；可是又怕你自己處理不了問題，只好默默在旁邊看著。」

「契友也是啊！」徐佩淇也察覺：「大家都很關心你，又了解你的個性，想幫你裝作沒事的樣子。」

「也許你暫時不覺得旁人的支持有什麼重要，我卻覺得你身邊這些人讓你知道，如果有一天，你突然覺得需要的時候，你有人可以找、有地方可以去。」

「剛剛你走以後，穎穎被大家說得哭了，」徐姊轉述著：「還說她只是擔心你，因為你整個晚上什麼都不說，好可怕。」

「白痴！」

愷子輕輕罵了一聲，彷彿穎穎在面前，兩個人在鬥嘴一般。

「嗯，是很白痴！」李哥附和著他，愷子開始罵人，應該是比較趨近正常了，「但是這個白痴很關心你喔。」

冬夜的寒冷更加明顯，愷子突然不再覺得低溫或冷風是對自己的一種嘲弄，一如往常，因這種天氣而感到抖擻起來。

「走吧，馬利亞，」李哥說：「別用研究所考試當藉口喔，聖誕劇還是要演好耶穌的老媽喔。」

第一次過不是國定假日的聖誕節，聖誕晚會提前到平安夜前的那個週末晚上，所以該週團契聚會暫停一次。

忙完了聖誕晚會，年終最後一次的聚會，照例（也不知道是什麼時候開始的）以火鍋聚會作結束。

湯頭是鈺蓁姊幫大家準備的。今年又是一個創下新低溫的寒冬，所以大家決定吃熱呼呼的泡菜鍋。

五點整，六個人先在全家角集合，一起到附近的超市採買，然後扛著大包小包到教會。阿綸事先就決定，今年一切準備和善後的工作，由年輕人來。

「你們只要七點整準時帶著嘴巴和飢餓的胃來就可以了，就讓我們來孝敬孝敬你們老人家吧。」

他是這樣告訴李哥和徐佩淇的。

六個人第一次這樣自己掌控全局，忙得不亦樂乎，加上阿綸分工適當，火鍋這種東西也沒有什麼艱深的技巧；至少對他們來說，把料都丟進湯裡面，弄些調味料，把食物和餐具擺一擺，很容易就大功告成了。而李哥和徐佩淇也陸續到達。

「哇，好香喔，看起來你們還弄得有模有樣的嘛。」

「哈，沒有啦，是湯頭很香。」

「對呀，」李哥附和：「是我們家那口子準備的唷。」

「對啦對啦，」阿綸知道李哥在炫耀：「感謝你的賢內助喔。」

「你們也辛苦啦，讓我們一來就可以吃了！」徐姊頗受感動：「啊，差不多了，可以開動吧。」

「廚房裡，」李哥聽到聲音：「是不是還有人啊？」

所有人靜默，好像有吵架的聲音。

「慘了，」阿綸像是想起什麼似的：「我叫穎穎去廚房幫愷子。」

其餘的人面面相覷，也跟了過去。

廚房裡，兩個人正用火鍋料相互攻擊，只見魚餃、蝦餃、貢丸在空中飛舞。

「你們兩個在幹什麼啦！」

阿綸的口氣聽起來有十分不高興，兩個人被嚇到，這才停火。

「食物是讓你們這樣浪費的喔，叫你們擺個火鍋料也可以這樣，拜託，現在是鬥嘴的時候嗎？大家肚子都餓了耶，就算要吵也不用拿東西這樣吧，很過分耶你們兩個。」

原本歡樂的氣氛一下變得很僵，阿綸的口氣和眼神顯示他真的生氣了，他狠狠瞪著廚房裡的兩個人，沒有人敢說話。

「就是說啊，怎麼可以這樣呢，」李哥嘗試出來打圓場，他彎腰撿起地上的幾個蝦餃，拍一拍：「我最愛吃蝦餃了耶，這樣丟它們會痛痛耶。」

其他人也幫忙撿東西，李哥還作勢揉一揉那幾個蝦餃。

阿綸收起憤怒的神情，雖然沒有幫忙撿食物，不過他試圖和緩語氣。

「給大家一個好理由吧，什麼原因讓你們這樣對待李哥最喜歡的蝦餃？」

「他啦，」穎穎知道阿綸氣比較消了，很快搶先告狀：「你不是叫我幫他擺火鍋料，愷子都亂擺，擠成一堆，超醜的！我叫他重擺一下，他都不聽！」

「啊唷，很麻煩耶妳，等一下都是要吃的，有差別嗎？」

愷子不耐煩地翻了個白眼。

「我跟他說我來擺，他也不讓我擺，就說要端出去了。」

「大家都來了，肚子都餓了，為什麼要因為這麼無聊的原因讓大家餓肚子啊。」

兩個人似乎還有延續戰火的意思，全然沒有注意其他人對這個理由只有感到無奈。

「果然很像你們會做的事，」子婕拿著塑膠袋收拾地上的食物，溫溫地說：

「要打架就應該用雙手雙腳直接拼啊，這樣很膽小耶。」

阿綸忍住笑，趕忙幫子婕一起收拾：「對嘛，這樣用食物當武器，很孬耶。」

「好了好了，」李哥是真的餓了，期待著開動：「啊這個，收拾好啦，貢丸啦魚餃啦給它秀秀喔，啊你們兩個就握握手講和啦，難得大家聚在一起，這樣吵架不好嘛，對不對？啊等一下結束後，留下來罰掃地喔，順便幫教會年終掃除一下啦。年輕人，精力充足，怎麼可以用來打打殺殺！就做一下公共服務喔。」

兩個人有點臉臭。

「好啦，吃飯啦，我很期待大家的手藝耶。」

徐佩淇這一說才讓大家想起今天的目的，開始往餐桌移動。

上了飯桌，阿綸先帶大家做簡短的謝飯禱告（考量大家都餓了）。火鍋大會就正式開始了。

大家都吃得開心，正熱烈的時候，李哥和阿綸互使了一個眼色，阿綸便開口了。

「嗯，照例啊，年終的圍爐聚會上，火鍋可不是讓你白吃的！老套歸老套，還是要來作一個年終的感恩囉，今天要感謝神讓我們仍然聚在一起，吃鈺蓁姊準備的熱呼呼的火鍋，而且今年還有新夥伴——徐姊加入我們。就像我說的，今天在這裡聚餐，都是神的恩典。」

靜默的瞬間大家不禁有了會心的微笑。

「那，感恩嘛，」阿綸賊賊地笑了起來：「不知道剛剛做出很不知感恩行為的兩個人，有沒有好好反省了一下呢？」

愷子和穎穎意識到阿綸氣還沒全消，有點不好意思地低下頭。

「我想我們，就從剛剛浪費食物那兩個人開始好啦。」

阿綸宣布，其他人也當然沒有異議。

愷子看看穎穎，畢竟是男生啊，他決定自告奮勇。

「好吧，那我先囉。今年升大四，本來一心一意是準備推甄的，以我的各種條件來說，我基本上一進大學就以推甄為目標了。」

阿森看了愷子一眼，繼續扒著碗裡的冬粉，一如往常，哥哥以自豪的口吻說著，其他人以認同的眼光看著，阿森不知道為什麼，心裡一種複雜的感覺由然而生。

「想不到慘劇卻發生了，而且還在大約一個月前，」他不忘調侃自己：「啊，不知道怎麼說那時候的感覺耶，我並不怕考試，我想大家也了解；只是這種意外的發生，會突然讓人有一種無法掌控全局的感覺，我想那是以前我從沒有過的經驗吧。那時候大家安慰我說，別難過別難過；我倒覺得不是難過，而是錯愕。

「所以現在很乖地在準備考試囉，老實說我還是沒有非常怕啦，嘿嘿！雖然推甄落榜讓考試的不確定性也增加，但這個經驗還是有給我些收穫吧，」他向徐佩淇露出頑皮的微笑：「嗯，偉人總是要經歷挫折的，這樣以後我在自傳裡才有東西可以寫啊。」

「好，真是相當特殊也自大的分享喔。那接下一位之前，我先說一下喔，我想我們一個人，就選一件今年最值得自己感恩的事情，以免時間不夠用。」

「對啊，下一位是出了名的演說家，如果不這樣規定，她還沒說完都到了散會的時間了。」

愷子在一旁幫腔。

「謝謝你喔。」穎穎給了他一個白眼，開始說著今年因為學姊介紹，在一個劇團打工幫忙的事情，順便偷渡了在劇團裡認識現在男朋友的事情。

隨後每個人都陸陸續續說了自己最感恩的事情：阿綸從美術、建築轉而發現對景觀設計的興趣，但是並不後悔繞了一大圈，因為他相信上帝不會讓他白走這一段；小莉申請了交換學生，結果還沒出來，但是過程中不斷感受神的帶領，她相信不管結果如何，上帝有特別的計畫，也請大家繼續代禱；李哥家又添了一個千金，他覺得很幸運，因為女孩子很貼心，也感謝太太辛苦生下健康漂亮的寶寶；徐佩淇覺得來到教會實習，雖然有辛苦卻也很新鮮，她相信神在這裡要把自己鍛鍊成更好、更合適的傳道人，也慶幸認識了在場的每一個人，看到他們這個很迷你但是很緊密的團契，她覺得從大家不同恩賜的配搭中，看見許多神的祝福，覺得很受感動。

「我很羨慕你們，在年輕的歲月中有這樣的經驗。現在的社會充滿很多吸引人的誘惑，我想你們比我更清楚啦。但是我卻看到你們願意來到教會中，擺上自己的時間和才幹；我相信你們或多或少在這裡找到吸引你們來這裡的動機，不管是什麼，我覺得這樣很幸運！」

有一陣子，在場的人都靜默了，似乎很有默契地覺得不需再多說什麼，只有火鍋冉冉的煙上升著。

「我今年比較刺激，應該很適合當壓軸吧。」

所有人的目光紛紛集中到子婕身上；她嘗試說個想緩和氣氛的笑話，卻沒有人笑。

「嗯，我看時間還蠻多的，子婕可以多說一點啊。」

阿綸不想子婕尷尬，而且他相信子婕一定有很多話要說。

「沒關係，我想，就公平吧。而且我最想感謝的，真的就是，上帝讓你們大家為我做這麼多，雖然我把焦點集中在不珍惜我的人身上，還因此傷害自己，也讓很多人難過，可是我真的看見有很多人珍惜我、愛我，就在我的身邊。

「坦白說，我還是很會鑽牛角尖吧，很多人安慰我、勸我、陪伴我，我也確實體會到這個世界上有好多人很在乎我，我也知道自己應該珍惜這些；或許我還是為不值得的事情煩惱，或許我還不能體會上帝讓這些事情發生有什麼用意，甚至我還是會懷疑、會埋怨，可是我可以確知一件事，就是上帝藉著很多人，讓我感受到祂的愛。」

徐佩淇想起趕赴急診室的那個晚上，這才想起那好像是自己生平第一遭到急診室。面前煙霧上騰，煮到這個時候，火鍋料正在鍋裡沸騰，正適合大快朵頤，但是每個人都停下筷子，好像有某種默契。

「我想我這樣說，會讓人覺得不應該、覺得不知足吧，可是這一年，我真的不喜歡這一年，發生了那麼多事情，或許其實不是什麼大不了的事，可是都是一些讓我很傷心的事情，好多個早上我醒來，都希望這一切只是一場夢，希望一切可以消掉重來！」

「可是妳知道妳那麼做，結束的不只是痛苦的部分，還有其他一大堆值得高興與快樂的事情嗎？」

穎穎看著子婕，語氣和眼神，帶有心疼，也有責備和不解。

「對啊，比如說今天這麼好吃的火鍋。」

阿綸忍住逐漸激動起來的情緒，理直氣壯又有點裝可愛地說。

「平安夜啊，一起在百貨公司前面報佳音，沒有子婕誰幫我們彈那麼好聽的伴奏啊。」

徐佩淇順勢搭腔接下去。

「別忘了寒假的同工營，有溫泉可以泡耶。」

李哥也很有默契地延續話題。

「還有上禮拜六早上，我們三個人發現一家早餐店賣九層塔蛋餅，超好吃的。」

「還有聖誕節我扮女裝耶，今年沒看到，明年開始要售票了喔。」

愷子在一旁得意地說。

「還敢說哩，」穎穎逮到機會：「你這樣傷害大家的眼睛，既然你提了，我覺得要談一下理賠事宜。」

兩個人的鬥嘴反倒緩和了有些感傷的氣氛，阿綸偷偷看著子婕，發現她也忍不住笑了，儘管還有許多擔心，卻覺得似乎可以比較放心一點。他在心底向上帝禱告，其實他自己今年最最感恩的事情，是祂沒有容許子婕的任性就這樣擅自結束一切；阿綸心裡清楚，人的改變不容易，但他知道來日方長，神會用最合適的方式，讓子婕懂得這世界有那麼多真正在乎她、關心她的人，她不只為自己而活著。

晨間新聞的氣象報告，再度宣布這波寒流創下入冬以來的新低溫。

「氣候異常喔！」

李哥啜了一口咖啡，自言自語似地說著。

他憂心起今天的同工營，這一向是為了孩子們的寒假而辦的。上個學期發生了不少大大小小的狀況，一度他還懷疑大家有沒有興致、今年的營會辦不辦得起來。

好不容易決定辦了，卻又讓他多了不少的煩惱；幸而今年有徐佩淇幫他分擔不少事情，免去了自己往年在歲末年終，總是工作服事兩頭燒的窘境。

舉辦這樣的同工營已經是五六年以來的慣例了，不過李哥對今年的氣氛感到悲觀，今年因為很多狀況，讓大家普遍情緒低落，應該沒什麼人有心情考慮關於靈命增長的問題；李哥嘆了口氣，今年這個「同工營」讓他覺得有點心虛，他沒有太多期待，只希望大家聚在一起，有一些共同的活動可以讓大家的心情比較好一點，他就心滿意足了。

只能把一切都交給神了，他心想。

其實歷年來的同工營差不多都是這樣，團契的固定人數大概就是這麼多了，幾乎每個人都稱得上是同工，營隊的形式其實也是類似大型同樂會，穿插一些平常聚會照例會有的唱詩、查經，差別只是大家一起過了個夜吧。

雖然沒有受過正式的神學教育，但李哥從小待在教會和學校的團契，直到長大後的某一天，好像就很自然地被教會長執抓來作團契輔導了，他也只好硬著頭皮上陣。好多年了，也不確定自己和契友們的摸索磨合到底對不對、好不好。

徐佩淇的到來多少讓自己比較安心，雖然剛開始，對她沒有待過或帶過團契的背景也有過些憂慮；不過他隱約可以感覺，這位未來的女傳道，並不像外表給人的印象那樣簡單或一板一眼，這個女生並不簡單。

今年徐佩淇還為大家加入「神學問答」的新節目，甚至自告奮勇要準備禮物。李哥看得出來，這群大孩子已經過了會被禮物吸引的年紀，不過還是配合徐佩淇的熱心，贊成把它排進營隊的行程表。

即使今年有不少傷心的人，李哥暗暗在心裡祈禱，希望大家這樣聚在一起，不會讓氣氛更加低迷。

只能把一切交給神。

營隊就像往常一樣地在預定的時間展開，照例分組做點簡單的競賽什麼的，大家都很努力參與其中，但也很明顯感覺得出多數人都提不起勁。

李哥和徐佩淇，有時候阿綸也會，互相交換不安的眼神，然後繼續努力帶動著氣氛。

終於熬過下午的活動，到期待的晚餐時間。

想像著升高的血糖會帶動大家的心情，眾人卻讓李哥非常失望，席間只有穎穎和小莉稀稀落落找話題，伴隨多數時間的沉默和刀叉碰撞盤子的聲音。

食物滑過食道並沒有提振李哥的食欲，想到等一下飯後要進行的「神學問答」，場面可能會有多冷清，他突然感到胃一陣痙攣。

興味索然離開餐廳，回到教會，讓李哥害怕的時刻還是到來了。

他並非真的恐懼什麼，只是他向來對尷尬的場面沒輒。

由提議的徐佩淇主持這個節目。他並非對徐佩淇本人有什麼意見，只是她比較不像自己那樣擅於譁眾取寵，在這種情況下，他只擔心這對大夥心情的提升沒什麼幫助。

「那就抽籤決定順序吧，每個人都會回答的，通通有機會！」

好死不死第一個抽到的又是子婕；不只李哥，不少人都感到心涼了半截，懷疑子婕現在有沒有玩這種遊戲的心情。

子婕勉強打起精神，裝作多少有點興致的樣子。

「抽籤吧，題目在裡面，看運氣囉。」

徐姊笑臉盈盈，讓子婕也忍不住意思意思嘴角上揚，以示回應。

攤開抽到的題目，上面寫著「唱一首我最喜歡的詩歌」。

偏偏又抽到自己最不喜歡的、在大家面前獨唱的指令。

她隱約覺得這個同工營是大家為了自己準備的，實在知道大家的好意；她並不願意掃興。不想獨唱是一回事，喜歡的詩歌還是有的。

「嗯，我最喜歡的，應該是《在主面前替你祈禱》吧。」

又來了，每個人那種期待的眼神全部聚焦在自己身上。

「不過，我不太想獨唱耶。」

「沒關係啦，唱一下嘛，我們幫妳打拍子。」

想也知道，窮追不捨的鼓勵。

「沒關係，那不然，我幫忙唱，妳當伴奏。」

阿綸跳出來解圍，她欣然同意。

坐上最熟悉的鋼琴椅，她讓雙手很自然地在琴鍵上奔馳；儘管只是一首小品，子婕的內心有莫名的激動。

「每一日，我欲替你來祈禱，跪在主面前，熱切替你祈禱，懇求主，時刻看顧保守你，賜你平安信心，倚靠祂……」

阿綸用很乾淨的嗓音哼唱起來。瞬間大家都安靜下來，小小的教堂裡，為了省電的微弱燈光，突然十分契合現在的氛圍。

透過鋼琴的反射，子婕看到每個人默然、若有所思的神情；一、二、三、四、五、六、七，一個不少，七個人圍成的圈圈，正好少了一個自己留下的缺口。

子婕不是喜歡閱讀的女孩，不過從小在教會背經句還是沒問題的；聖經故事、主日學的教導，在她作長老的爸爸悉心督促下，成了深深刻在自己心版上的律法。很多時候她不確定自己對這些到底了解多少，甚至相信多少；只知道自己在他們口中所謂「上帝賜福的家庭」長大；只知道因為爸爸是長老，家裡其他人都自動獲得某種身分：媽媽成了長老娘，哥哥和她就是「長老的孩子」和「在教會長大的孩子」。她很喜歡去教會，小時候在兒童主日學有故事可以聽、點心可以吃，也有好聽的詩歌音樂，因為這些美好的記憶，她很難想像一個沒有兒童主日學的童年。基督教是她成長時期的一部分，是生命裡很理所當然的那一塊。

於是，大家都說，因為她和哥哥在一個「基督化」的家庭長人，所以他們很優秀、很乖。或許吧，子婕不知道，表現得像一個乖乖牌，是因為她天生乖，還是受到基督教的薰陶所致。

老實說，每次在教會或佈道大會上，聽到很多人痛哭流涕地作見證說，認識耶穌如何地改變他的生命，子婕都感到相當稀奇。也許這就是她的問題所在，因為她不知道那種所謂「沒有耶穌」的生活是怎樣，相對於那樣，這個所謂「有耶穌」的生活有什麼了不起，她也說不上來。子婕喜歡去教會，喜歡在教會彈詩歌，喜歡在那裡的朋友、長輩，教會裡的人也總是客客氣氣的。

不過有一個問題，那就是「耶穌愛我」？子婕一直偷偷藏在心裡，不敢向教會裡客客氣氣的人們發問。因為每個人都如此說、如此唱，好像大家都知道這個「道理」，所以她只好假裝自己也知道，以免看起來很無知。

老實說，在教會這麼久，她還是不知道耶穌的愛是什麼樣了，教會的人很好，上教會的爸媽、哥哥也很好，可是她心裡還是常常有空缺，是和這些好人在一起也填不滿的。牧師、輔導和爸爸都說，要常常讀聖經禱告、親近神，可是子婕並不喜歡這些「儀式」，她是學音樂的，對書本文字沒什麼興趣；另外，一個人在那邊禱告，跟冥想有什麼兩樣？更不要說開口禱告，看起來就像在自言自語一樣。她不懂，如果「耶穌愛我」，為什麼沒有更簡單、平易近人、適合陳子婕的方式可以親近祂？讀聖經禱告，難道會比一個及時的擁抱或親吻更真實？

也許這就是為什麼她非常需要男朋友，她需要被擁抱和親吻的真實感。子婕當然喜歡她正直、善良、令人尊敬的家人們，但他們都離她好遠。爸爸除了工作，就是跟媽媽到處探訪別人；哥哥好像總是在忙學校的事情，大學畢業、當完兵，就出國了。以前哥哥還在家時，當然對她很好，常常買東西給她吃，只是他早出晚歸的，點心買回來，子婕總是已經睡了，哥哥只好把點心放在她的書桌上，順便留張小紙條。

她知道家裡的人都很疼她，可是她總是覺得孤單，也許，是她不知足吧，也可能她真的太黏人，就像她歷任男友抱怨的一樣。但她就是不喜歡一個人，除了練琴的時候、和她的鋼琴或大提琴在一起，她才不會意識到自己孤單這個事實。

知道男友反反覆覆地劈腿，連身邊的人都看不下去，她自己心裡也知道，可是這種事情有時候不是知道了其中的道理就能怎樣，因為就是會一直期待、一直抱著希望。

現在，她終於又狠狠地傷害了自己，爸爸和主日學的教導、那些律法，在她心裡無聲無息地譴責。

儘管如此，她知道在她身後永遠有一個圓，等她從鋼琴椅子上下來、走過去坐下，完滿了那個圈。

「在面對苦難，我替你祈禱，主必擔當你所有煩惱痛苦，咱莫得驚惶，主在身邊，主的確導你經過憂傷山谷……」

她不停歇，在一個漂亮的過門之後，旋律又重頭開始。

不用多說，其他人也很配合地、要溫馨地和著旋律一起唱了起來。

公車站牌旁，阿綸既興奮又緊張地等待著，心情就像小學時要去遠足一樣忐忑。

儘管早已在心裡計畫了幾千幾萬次，他還是不知同工營結束那天自己哪來的勇氣，脫口邀請子婕去美術館；更出乎他意料之外，子婕很自然地就答應了。面對他首次的單獨邀約，她幾乎是毫不遲疑地答應。

是子婕不疑自己的意圖呢？還是她對自己也有好感呢？想著想著阿綸被自己的多心逗得笑起來。

「像女孩一樣啊！」他想起愷子總是這樣嘲笑自己。碰到感情方面的事情，阿綸總是記得拿出他藝術家的氣質，好好多愁善感一番。

「先生，一個人嗎？」

溫柔的聲音中止了他的思緒。

「嗯，嗨……」

「沒被女生搭訕過啊？」

因為太過緊張而提早抵達的二十分鐘，加上子婕珊珊來遲的十分鐘，阿綸已經傻傻在捷運站出口站了半小時以上；因為把時間都花在焦慮及胡思亂想，時光飛逝。看到眼前的子婕——天藍色套頭毛衣、駝色五分裙和咖啡色馬靴中間露出一小截纖細的腿，活像張鈞甯一般的夢幻女孩站在他面前，叫他很難從剛才的情緒中恢復平靜。

一路上子婕很自然地聊開，倒是阿綸因為越想表現平靜，越顯出自己的手足無措。希望可以在喜歡的女孩面前泰然自若，反而造成他言行上的笨重，情緒和行為就如此交互循環影響著。

阿綸幾乎開始後悔自己發起這個約會的決定；好不容易熬到美術館，只有十多分鐘的車程加腳程，他覺得比十年還長。

「很久沒來美術館了耶。我想一下，上次來是高中了吧，為了要交美術報告。」

「真的嗎？妳不是學音樂的嗎？」

牛頭不對馬嘴。

「美術館又沒擺樂器。」

有道理。

「都是藝術啊。」

硬拗。

「哦？那你上次去國家音樂廳是什麼時候？」

阿綸感到兩頰一陣熱。

「唔……好吧，也是高中，音樂老師逼的，作業要交票根。」

「看吧，」子婕得意起來：「還有，從實招來，有沒有在裡面睡覺？」

耳根還有脖子也熱了。

「唔……有，真不好意思……我還記得冷氣和椅子很舒服。」

「哈哈，看吧。我可沒在美術館裡睡過喔，在裡面都很清醒呢。」

除了緊張害羞，多數時間阿綸很小心且用心地端詳子婕；幾個月來她在裝扮上改變不少，變得沒那麼愛化妝，或是畫淡淡的自然妝，反而顯得比以前稚氣些；不變的是喜歡穿裙子的習慣，這種非常淑女的穿著，一直深深吸引著阿綸。

談話中她不時穿插清脆的笑聲，阿綸不敢確定是否是被自己笨拙的表現給逗笑的；可以感覺肯定的是笑聲裡的真摯——好久沒看過她這麼自在地笑了，特別有獨自欣賞的榮幸。

這是阿綸生平第一次幾乎無法聚焦在展覽上，他嘗試笨拙地向子婕解說作品，一點都不像自己在腦海裡演練過上萬遍地流利。

子婕只關心音樂這他是知道的，不過到底也是學藝術的人吧，從子婕專注的神情裡，他相信自己的選擇多少沒有錯。

「景觀設計有什麼特別有趣或無趣的課嗎？」午餐時間，子婕一邊優雅地吃了口義大利麵，一邊問著。

「嗯，最近上到的，應該要算是敷地計畫吧。怎麼說呢，就是以居住者為本、再配合自然環境的設計。我沒有想到設計，應該說居住空間的設計，背後可以蘊含這麼多的概念；另外這個老師的上課也很精采，投影片做得超棒，講解很清晰，也留很多時間讓我們討論，覺得學到很多，就算之後沒有往這方面發展，也學到更深的設計概念。」

子婕笑著聽他說。其實阿綸說話時，不時會有點緊張，可是說到自己的「專業」，就口沫橫飛起來。

阿綸注意到子婕微笑，覺得自己突然滔滔不絕好像有點失禮。

「妳呢？音樂妳大概幾乎都愛吧？」

「那倒是真的，我覺得我接受度還蠻廣的。不過，我其實變來變去的耶，最典型的應該就是巴洛克吧，牽涉一點宗教音樂的。之前也喜歡過俄國的國民樂派，穆梭斯基什麼的，但像是最近，我突然很迷戀蕭邦。」

「我不太懂音樂耶。」

嘴裡的牛肉還沒吞下去，他邊嚼邊傻笑著，心想：「我雖然不懂音樂，不過妳彈的都很好聽。」

「國民樂派的話，就是會覺得很磅礴吧，感覺好像真的是在俄羅斯大草原……喔，我也不知道是什麼原啦，反正就是很遼闊的一片地方才會有的創作；蕭邦的話，蕭邦的音樂給我戀愛的感覺。」

阿綸笑了。

「那我，還是有喜歡其他一些相關的吧，比如說，我還是喜歡建築，其實我比較喜歡古老一點的，倒也不是現代或古代啦。最初，我喜歡的就是有些房子或建築物，會給人一種溫暖的感覺。就是因為這樣我才會迷上建築的，我很想蓋出給人家溫暖感覺的房子。

「其實，我不太喜歡太大的建築，很奇怪吧，是不會說討厭啦，只是我自己會比較希望以後可以進小一點的事務所，接的案子是比較小型的學校或是住家之類的。總覺得建築是給人在裡面活動的，特別是住家，一定要有很溫暖、很溫馨的感覺。」

子婕看他說得很起勁，忍不住覺得義大利麵變得美味起來。

「妳不覺得嗎？現在的人都很少待在家裡，家好像只是一個睡覺的地方。有時候我會天真地想，如果把房子蓋得很溫馨、超溫馨，也許大家就會很喜歡回家，就會覺得家裡很溫暖了。當然囉，室內設計師也很重要啦，可是如果想到自己家的外觀是那麼地溫暖，就會很想回去吧。」

子婕看到阿綸露出天真的笑容，忍不住跟著笑了。

「很呆吧？」阿綸不好意思了起來。

「很天真，不過很有建設性。」

子婕想起有次女孩子們在早餐時，曾經私下討論過團契的男生，對阿綸的評語就是儘管很懂事很成熟，不過還是脫不了天真的理想主義者形象。

「我知道這樣想很天真，不過也許對別人我做不了什麼，但是我也幻想過以後設計自己的家，很溫馨的。」

這個幻想還有後面的情節，阿綸看了眼前的子婕正在認真地嚼著義大利麵，決定把後面的情節先放在心裡。

「好好吃耶，這家餐廳。」

他低下頭，繼續啃著自己的牛排。

「對啊，你要不要吃吃看我的麵？」

子婕流暢地捲起一口麵，放到阿綸的盤子裡。他迫不及待地放到嘴巴裡。

「嗯，真的很好吃耶。」

「我最喜歡吃義大利麵了，我也會煮唷，之前我都常常煮給……」

子婕忽然沈重起來，低下頭不說話；阿綸當然可以猜到她煮的麵進了誰的胃，那勾起她傷心的回憶，也許她一直在忍耐，因為也許自分開之後，只要吃義大利麵，她就會想起那個讓她傷害自己的男生。

「有機會在團契裡露一手啊，我也想吃吃看。」

阿綸說的是真心話，心想：「超想試試看的！而且，我一定會很很很珍惜。」

子婕回過神來，露出客套的微笑。

「啊，剛剛都忘了告訴妳，」阿綸似乎想起了什麼，突然興奮起來：「趕快吃吧，吃飽我帶妳去看全台北市我最喜歡的房子。」

「好。」

子婕爽快地回應感染了阿綸，滿心期待接下來的目的地。

Chapter3

計畫

我是基督徒，

比較笨的……

喔，很笨的那種。

那天晚上聚會，李哥請假，徐佩淇一個人早早到了教會準備。

但這個剛開學的週末，她卻感受到異常的冷清；一向全勤的阿綸在這之前也早早向她報備今天要缺席；六點半開始，電話也紛紛響起。

果不其然，都是要請假的消息。

「怎麼啦？」

「剛開學應該不會太忙才對吧。」她心裡嘀咕著；掛上最後一通電話已經是七點多了，她算一算大概不會有人來了，走向置物櫃，抽出主日學教材，想讀幾頁再離開。

突然她聽到木板樓梯傳來的腳步聲，轉過頭才知道阿森來了。

都忘了還有沒請假的人！

「嗨，阿森。」

他看到徐佩淇在翻書，還有副堂空無一人的樣子，顯然被這樣的景象嚇到了。

「今天大家都沒來，都有事。」

「李哥也不來嗎？」

「嗯，他們全家好像出去玩吧。」

「喔。」

徐佩淇和阿森幾乎同時愣了一下，然後陷入沉默。

徐佩淇看出阿森有想逃的衝動，其實自己也有點同感，阿森一向很靜，平時隱身在團契裡面，大夥的七嘴八舌根本容不下他插嘴的餘地，輪到他發言也通常是兩三句以內就簡短解決了。徐佩淇自己也不是很能主導分享的人，平常也總是李哥或阿綸為主，她相信阿森看得出這點。面對這個他們倆將要一對一的窘境，好像心底有一種共識：還是避開這種場面比較好。

徐佩淇考慮了三秒，意識到這是一個必須緊緊抓住的大好機會；在平常的分享中，或多或少可以藉由談吐來了解其他契友，唯獨阿森，她一直對他所知有限，只知道他的安靜，以及必須仔細觀察的細心；她明白今天這個意外的兩人聚會，也許可以造成一些突破。

「那，我們就開始聚會吧。」

時間點正在阿森要轉身的當兒；看得出阿森實在面有難色，但是又沒有拒絕的勇氣。

「可是，」他有些狐疑：「今天的主講和領會都沒來耶。」

「嗯，對耶。那沒關係啊，我們可以隨便分享啊，誰說兩個人不能彼此團契的？」

徐佩淇避開阿森的眼神，邊說邊搬動椅子，阿森見狀，也只好跟著一起搬。就定位了，兩個人開始都感受到一種不自在；徐佩淇強作鎮定，她已經打定主意，知道這只是一個起頭，一個必要的起頭。

「那，阿森啊，你平常都安安靜靜的耶。」

他露出大男孩式的靦腆笑容。

「跟愷子相反耶，你好像比較內向喔。」

「對呀。」

還是靦腆，勉強回答兩個字，好像又把球拋回去。

「一般不是都是哥哥比較穩重、弟弟比較活潑嗎？你們正好倒過來。」

「嗯。」

徐佩淇有點後悔。

「你現在唸歷史系嘛。」

「嗯。」

真是個多餘的問題。

「大幾？」

「大二。」

「喜歡歷史嗎？」

「還好。」

「那當初怎麼決定的？」

「就按照志願填吧。」

好像快聊完了……

「那……你喜歡什麼？」

她注意到阿森停下來認真考慮了一下。

是個好現象。

「嗯……我也不確定耶。」

「真的嗎？」

「嗯。」

「可是我看你剛剛考慮了一下。」

靦腆地笑著。

「應該有什麼是讓你停下來考慮的東西吧？」

「那……是科系還是什麼嗎？」

「不一定啊！」徐佩淇更確定終於問對問題：「我是問你的興趣啊，你平常最喜歡的東西或最喜歡做的事情，都可以啊。像我就很喜歡收集誠品擺的那些明信片啊。你哩？」

「嗯，我喜歡做甜點。」

「喔？」

徐佩淇有點愣住，沒料到會是這方面的興趣。

「那很不錯啊，平常很常做嗎？都什麼時候做？怎麼都沒請我們吃過？」

「嗯，現在不常做了……」

「喔。」

「不過，以前國中很常做，以前國中的時候，我都會在禮拜六做，晚上拿到團契請大家吃。」

「嗯。」

「高中比較忙，就比較少做了。」

「嗯。那現在呢？大學會不會比較有空？或者有沒有參加類似的社團？」

阿森低下頭。

「我爸不喜歡，他會罵。他覺得男孩子不應該做那種東西。」

徐佩淇好像有點看出端倪，也感覺到阿森好像有想說的話了。

「其實我高中唸文組，我爸就不太高興了，升高中的暑假，因為聯考考完了，沒什麼事情，我記得剛開始我幾乎天天都在家裡做，結果有一天我爸忍無可忍，就突然把我的那些用具統統丟掉。」

第一次，徐佩淇看到眼前這個男孩流露出不同於害羞或靦腆的表情。

「其實也是我不好吧，男生做那個好像真的很奇怪，以前國中也有被同學說，只是我盡量裝作不在乎，直到我爸火大了，我才算正式停止吧。」

「那就都沒再做過了？」

「其實我爸對我不滿也不只是這個吧，」他沒有正面回答，不知道為什麼面對眼前不很熟悉的徐佩淇，突然就有種想把一切傾洩而出的衝動：「他其實是一個很理智的人，從小對我們也都很好，那時候實在是……我覺得他漸漸發現我這個兒子很不好吧，我常常做很不適當的事情，我也不是故意的，就是好像會忍不住做出那些讓他不高興的事。」

「比如說呢？」

「我也說不上來……總覺得我好像常常做出不是男生該做的事情。」

「哦？男生該做什麼事？」

「我爸好像……大概擔心我會不會變成同性戀吧？」

丟出勁爆的一句話，阿森露出一個苦笑。

「像我唸文組、喜歡做點心、體育很爛、不喜歡戶外活動、不夠活潑，反正我跟愷子整個相反，他就好像那種很完美的男生，頭腦又很好，不像我。」

他垂下頭。

「小時後我常常懷疑我可能是被撿回來的，真的懷疑，因為我和我哥還有我爸一點都不像，幾乎沒有什麼共同點，除了鞋子尺寸。上大學後我更懷疑了，懷疑我跟這個家裡沒有血緣關係，我爸媽和我哥都台大的，只有我，拼死拼活也考不上，就算外表有像好了，我看我裡面的腦子什麼的，大概都基因突變了。」

低著頭，阿森慢慢地、一個字一個字說著，就好像很信任唯一的聽眾會靜靜等他說完。

「我真的不喜歡這樣，在家裡好像是異類。」

徐佩淇沒什麼反應，阿森抬起頭看著她。

「你不說，真的都看不出來耶。」

阿森有點聽不懂。

「你給我的感覺，就是很安靜很安靜，好像沒什麼自己的意見，怎麼樣都可以。像今天，原本愷子打電話跟我請假時，我以為你大概也不會來吧。」

阿森不太確定自己有沒有抓住徐佩淇要說的意思。

「我想你爸不能認同你做的一些事，是一回事。也許，有一個可能是，他不夠清楚那些事對你的意義。」

「我都做得那麼起勁了，他會不知道嗎？」

那個常常在聚會前，默默幫大家排桌椅、拿聖經和詩歌本的身影，閃進徐佩淇的腦海。

「那碰到被阻止的時候呢？你爸沒有看到你的堅持啊。」

阿森低下頭，心裡並不很認同徐佩淇的說法，只是他向來不擅於反駁。

「而且很多事情，是要說出來的，默默在那裡行動，很多時候會被別人忽略。」

他不甚明白，為什麼行動不足以證明一切。

「如果阻止得以讓你停止動作，那好像那件事情對你而言，並沒有特別重要嘛。」

「也許，真的，我就是這麼沒個性吧。」

他低聲說道。

「阿森，你要試著表達啊。」

「也許我真的覺得都可以，都無所謂吧。」

徐姊嘆了口氣。

「你要是真的覺得都沒關係的話，那就更糟糕了。」

阿森皺起眉頭，作一個隨和的人有什麼不好嗎？

「這個，怎麼說呢，好像界線一樣的東西。你知道嗎？對界線以內的人而言，這是一種保護；對界線以外的人來說，它幫助他人來清楚認清界線以內的東西。一個實實在在的人，一定會有要和不要這兩種反應，來幫助他建立某種界線的。可是阿森，我覺得從我到團契以來，我在你身上看不到耶。」

「可是有時候像吃什麼、做什麼這種小事，我覺得無關緊要啊，真要在每一刻都作出選擇，不可能吧。」

他覺得徐佩淇就像多數身邊的人那樣，無法了解自己，畢竟只是在有限時間內的相處吧，怎麼能看到一個人生活的全貌呢？

「如果你真的只是在這件事情上不拘泥，這樣就好了，但你好像不是這樣喔，」徐佩淇笑了起來：「剛剛你說喜歡做點心的時候，整個人好像突然發亮了一樣！」

阿森低下頭；他一直記在心底，可是說不出口。徐佩淇明白觸到了這孩子的痛處，也知道他不會反抗，但是卻繼續說下去。

「還有，你對你哥哥真正的感覺呢？還有你爸爸、你媽媽，你的家庭？」

阿森還是一貫地不說話；可是情緒上他已經有了反應，他覺得突然好像有一口氣喘不過來，他想要否認這是憤怒，只是在心裡把這詮釋成一種悲哀——家庭是他與生俱來、無法改變的宿命。

「事實上你心裡很清楚，學習作選擇這種事不分大小。你以為自己在小事上的無所謂叫做隨和，事實證明大事臨頭你也不會站出來為自己說句話，你還是選擇任別人擺布，選擇躲在別人的控制底下，安安穩穩地縮著……」

「但這也並不容易……」

徐佩淇想要激一激阿森，想不到說著說著就真的有越來越停不下來的趨勢，阿森這時候平平靜靜地插進這句話，她一時有些反應不過來，卻也忍不住竊喜起來。

「真的嗎？」故作溫和的口吻：「我想躲在爸爸媽媽還有哥哥的保護之下，大家都給你安排得好好的，應該很舒服、很輕鬆才是吧？」

「沒有人喜歡受別人控制的。」

平靜但帶著很深沉悲哀的語氣。徐佩淇聽了不免覺得有些心疼，可是她還是要繼續說下去，不這麼辦阿森是不會把話說清楚的。

「可是這同時也不費半點力氣，不是嗎？別人替你作出選擇、作出決定，那麼你一點責任也沒有啦，對嗎？」

「我可不像愷子，我沒那麼勇敢，也沒那麼聰明。」

仍然是壓抑住憤怒的聲音，儘管口氣聽起來仍是和緩的，可是從阿森慣常的方式來看，徐佩淇明白他快要到達極限了。但是阿森總是這樣，他被訓練成一個不會生氣的人，被教導成一個視怒氣為罪惡的人，身邊的人看到的是一個極力與自己情緒對抗的阿森，他否認自己所有的感覺，看起來對一切漠不關心，什麼都是可有可無。

「嗯，這你說對了，你是沒那麼勇敢。阿森，你連拒絕都不敢，連生氣都不敢，漸漸地你就喪失了這種本能，你真的……我沒有看過這種青少年耶，為什麼你脾氣可以好到這樣啊？真的是逆來順受。你只是一個青年人耶，又不是那種看遍人生百態的歐吉桑；你叫阿森，不是阿信耶。」

阿森還是選擇退回沉默，這是他最熟悉的模式，一方面他也不知道該接什麼；也許徐佩淇是對的，儘管他覺得徐佩淇說的有些讓他不舒服，可是他找不到什麼話可以作為反駁；也許徐佩淇說的對，他連生氣都不會。

「阿森，耶穌也有生氣過喔。你記不記得，有一次在聖殿裡，耶穌看到很多人在做買賣，而不是敬拜神，聖經上記載，耶穌推倒他們做買賣的工具，並且責備他們；還有摩西，從西乃山下來的時候，他看到以色列人在崇拜偶像，氣得把十誡的石版給打碎了。怒氣並不是不應該發生的，我們先不要討論它是不是罪這個問題，連上帝也會憤怒，問題在於為什麼生氣和如何表達。如果一個好人對一切都不感到生氣，就連對那些惡也同樣容忍，你想上帝會說你做得好嗎？」

阿森搖搖頭；不過他不懂，他覺得徐佩淇好像是為了要說服他在做點心這小事上堅持，所以鼓勵他起而反抗父母罷了，但是這跟生不生氣有什麼關係？

「而且你真的是沒有情緒嗎？我不這麼認為喔！有時候你表現得隨和、甚至變成一種蠻不在乎，我反而覺得那只是你把你內心的渴望用一種極端的相反呈現出來而已喔。」

他更不懂了：「好像我很心不甘情不願似的，可是沒有啊，我並沒有對這些後悔啊。」

「神給我們自由意志，每一個人都有，這又不是一個種姓制度的世界，每一個人都有選擇的權利，至少是為自己作決定的權利，可是在你身上我看不到你有好好去利用這個能力，你總是逃避這種機會，因為你知道很多時候這要付上不小代價。」

「徐姊，讓父母生氣，作一個不孝順的孩子，這是上帝要我做的嗎？」

仍舊平淡的音調，可是在徐佩淇聽來卻因為有著一絲挑釁而感到滿意，

「嗯，這是阿森的方式。」他不正面衝突，卻用一種消極的對抗來表達不同意見。

「你的父母也是人，他們也有作出錯誤判斷的可能，惟一不會錯的只有神，而神把這個判斷誰對誰錯的權利交在你手中。這不是要你刻意去忤逆父母啊，比如說，你今天告訴父母，你喜歡做點心，原因可能很多，但是其中沒有一項是『我要讓我父母生氣』這個原因對吧，只要弄清楚之間的差異，你就可以知道你做的是不是你要的選擇了。有很多基督徒剛信主的時候也遭到父母親嚴厲的反對，如果他們沒有堅持下去而放棄了，你覺得上帝會因為他的『孝順』而感到欣慰嗎？我想不會。這並不是說要他因此去傷害或是跟父母作對，父母也有錯誤判斷的可能，可是往往很難由孩子的口中說出來並且讓他們相信；他們也需要時間、需要上帝給他們一些經歷，而我們也需要給他們這些，可以說是機會吧，我們可以慢慢地努力證明。你的父母沒有當過父母，他們是這樣慢慢學來的；你也一樣，你沒有當過別人的孩子，你也在學習。」

阿森沒有回答，徐佩淇並不十分清楚這是因為他瞭解了，還是他以沉默表達不會反駁的一貫態度。

「也許你的父母不夠了解你，但也許也是因為，你沒有試著表達，沒有給他們機會去認識你這個孩子喔。

「你和愷子當然是不一樣的，永遠都不會一樣！神說我們每個人都是獨特的，祂不會把每一個人用一個模子造得一樣。你是你，哥哥是哥哥，你們不僅不同，你也不用去想他好像比你好很多什麼的；愷子也會有他的問題，有他的盲點和困擾，但那都是不同於你的，或許你看不出來、或許他沒有告訴你，但一定有的。」

徐佩淇想起那個落榜的週末，被穎穎激怒後逕自走出教會的愷子。她其實也不能很確定到底愷子的弱點是什麼，只能隱約覺得正漸漸浮現。

「不過別懷疑你們是兄弟，你們有時候真的很像。」

徐佩淇露出神祕的微笑。想起那個夜晚，愷子盡力掩飾自己的情緒、盡力不回應，她看看眼前的阿森，知道他們都以壓抑的方式面對自己的自卑之處。

「什麼？」

看得出阿森對這很好奇，畢竟是來自旁人的觀察，如果能說出來會有一定的可信度。

「都很帥啊。」

徐佩淇故意逗他；阿森知道不是這樣，卻也露出難得的、非靦腆的笑容。

兩人的團契並沒有如想像中冷場，內容的豐富程度也不亞於平常熱鬧的聚會。

阿森不很確定徐佩淇說的一切有沒有道理，他很存疑，但好像有了些新的想法。

「感情狀態」，穎穎兩隻眼睛盯著螢幕上的這幾個字，握著滑鼠的右手在桌上躊躇，左手手肘撐在桌上、高度正好讓自己的門牙能夠撥弄食指的指甲；這是她焦慮時候的下意識姿勢。

「美國政府與政治」的老師特別建議大家收看CNN，不僅可以熟悉美國政治，更可以順便練習英文；穎穎選了一個每天半小時的podcast收看。

到底有什麼效果，她其實相當懷疑，收看至今半年，正經八百的新聞全沒印象，讓她印象最深的內容，反倒是主播們播報完新聞，播放一則網路上正夯的影片；影片中，新郎新娘正準備交換信物，這時，新郎拿起手機，把臉書上的感情狀態從「交往中」改成「已婚」，全場觀禮的親友歡聲雷動。

一年前，穎穎放上「交往中」的時候，她有種難得的勝利感，好像自己終於擁有一項小莉沒有的東西，至少形式上看起來是這樣的；他對她示好，她接受；他問她要不要在一起，她說好。她奇怪自己在當下，究竟有沒有思考自己對他的感覺。現在想起來，就算是不討厭吧。

他對她很好，「算好吧，」她想。這個男孩子一開始釋出的「愛意」，讓穎穎有些出乎意料，大概從來沒有人這樣對自己吧。

第一次單獨跟這個男生說話的時候，他出其不意地說：「我覺得妳很迷人。」她心想，「是我耳殘還你眼殘啊！」長這麼大，總是跟小莉、子婕這些漂亮女生當朋友的自己，從來就沒有以外表取勝的機會。那是宿營的第一天晚上，他們在昏暗的路燈下等著要去闖關。她回說：「這裡採光不佳，你搞錯了。」他說：「好，那我們去亮一點的地方。」

她看著他顯得認真的臉，為眼前這個並不很吸引她、但長相清秀、身材高挑的男生感到困惑：「他看起來不壞也不笨，但我沒什麼感覺，究竟他對我的好感，是從哪裡來的？」

第一次單獨跟這個男生吃飯的時候，他話並不很多，時而冷場讓她相當不自在。她想這個人總該覺悟了吧，他對她有的只是一種美麗的錯覺，兩個人這麼話不投機半句多，相當不適合。

他邀她飯後去自己住的地方看一下，納悶之餘，她卻還是答應了。

飯後，在那個飄著毛毛雨的夜裡，他們步行到他和房東共住的房子，房東不在家，說是去上一個成人課程，晚一點才會回來。他們到他的房間裡，他像她展示一些照片什麼的。

那是一間就男生、甚至女生而言，非常整潔、井然有序的房間，那時穎穎首度對這個男生感到好奇。他自己說，「我是處女座的。」似乎在提示，自己相當要求完美。既然這樣，他對自己的好感就更奇怪了，「我完美嗎？」她自問。「也許吧，在他面前我很完美嗎？不然，他為什麼會喜歡我？」

就這樣，他們持續有些話不投機的交談；事後回想，坐在他的床上，他開始一直很溫柔地說，妳笑起來很可愛、妳好迷人之類，沒什麼重點的一連串稱讚，然後他撥弄她的瀏海，出其不意地吻了她；她沒有拒絕，可能是沒有預料、也可能是不討厭，就這樣、她自然地閉上眼睛、任由對方的嘴唇貼近自己的；碰觸的瞬間，不知為何，她腦子裡卻浮現了阿森的臉，便反射性地睜開眼睛，將臉抽開。

「我得早點回去，明天一大早有事，必須早起。」

她笑著說，想掩飾突然中斷的尷尬。

他回給她甜甜的笑，好像剛才的尷尬從來沒發生一樣。

「陪我走去公車站牌吧。」

她反射性地笑著這樣說，雖然她也不知道為什麼，她並沒有很想跟這樣話不投機的人一起再走一段路，只覺得好像禮貌上她應該這樣要求，而且必須笑著說，看起來很期待的樣子。

他們走出門，夜更深了，外面已經沒有飄雨了，那是禮拜五的晚上，路上行人很多，只是不知道為什麼，街景看起來有些不同；穎穎正在納悶那變化是什麼的時候，他牽起她的手，這次她沒有半點反抗或逃避的意思，緊緊地反握他的手，發自內心給他一個笑容。

他們走過一條夜市街，胡亂地聊著小吃、喜歡的食物。

她想起小時候，每個禮拜六早上，去家裡附近的音樂教室上鋼琴課的時候，在走出巷口，經過小公園、自己就讀的幼稚園，還有一家7—11後，就必須經過一條對年幼的自己來說，好大好大的馬路。

很早爸媽就告訴她，紅燈停、綠燈走，可是常常好多紅燈右轉或闖紅燈的車輛，讓還很小的她，對那條大馬路心生畏懼。

印象中有那麼一個早上，自己正為了什麼鬧彆扭，原因她已經記不得了，腦子裡卻一直保留一個印象深刻的畫面，是爸爸牽著她的手，一邊為了自己的彆扭罵她。當他們走到大約馬路中間的時候，爸爸突然因為極度氣憤，鬆開她的手，揚長而去，隔著兩個線道，站在馬路的另一頭，狠狠地瞪著她。

她馬上號啕大哭起來，時隔不到幾秒，爸爸立刻不顧已經改變的燈號，衝過喇叭聲不斷的車陣，把她抱起來。

記憶就在手被鬆開與被爸爸抱起之間不斷重播。那天挨罵的原因她想了好多次，卻總是想不起來，只知道，她爸媽向來不是不講道理的人，她只能斷定自己一定是惹惱了爸爸，所以沒怪過他鬆開自己的手；只是，那種瞬間失去倚靠的感覺，不知道為什麼變成深埋心底的焦慮。然而在那個場景之後，她瞬間長大了，領悟沒有什麼會是永遠不變的，即便是爸爸媽媽的愛。

「跟我在一起吧？」

他在公車站牌這樣，用最直接簡單的台詞問她。

她沒有多想，雖然腦子裡又浮現阿森的臉，但這次她沒有遲疑，說：「好啊」，她笑著。

相處之後，很多事情也許會改變，這是她當時的盤算。

事後回想，她好像一直知道自己對他沒有那種感覺，卻一直走不開。真要分析起來，可能的原因有很多：可能他欣賞自己的笑容、可能他很積極地對她示好；也可能是他那天問她的時候，緊緊握住她的手，讓她覺得像是確定了什麼一樣。

她坐上公車，看他對自己笑、跟自己揮手道別，心想像自己這樣平凡的女孩，所能得到最好的不也就是這樣了？誰都無所謂，只要讓自己覺得被在乎、被重視、被緊握著手。

和徐佩淇談過的那晚，阿森一如往常地回家，家裡也一如往常，世界更是一如往常，好像沒有人知道他剛經歷一場震撼。

他想起禮拜四有一整天的空堂，他記得小莉也說過禮拜四沒課。

也不知道自己在想什麼，他拿起電話，約小莉禮拜四一起出去。

電話那頭的小莉聽起來很驚訝，事實上阿森自己也很驚訝，這是他生平第一次約女生，顯得很笨拙。

小莉並不能確定自己對他的感覺，只是阿森打電話來的時候，心裡突然響起「終於」二字。

「妳想去哪裡？」

你決定吧，你應該有什麼想帶我去看的地方吧。

「妳決定好了，我都可以。」

也許我在他心裡沒那麼特別，所以他才沒有特別想跟我分享的地方？

「那去淡水好了。」

小莉以平淡的口氣說著，嘗試表達自己正在生悶氣；不過想也知道阿森沒聽出來。

「我可以騎車。」

為什麼不說你要來我家載我呢？小莉在心裡問著。

「不過要騎蠻久的。」

你嫌累嗎？她納悶，但又想表達體貼。

「要不然還是坐捷運去好了，騎那麼遠的車怕你會累喔。」

「嗯，好啊，搭捷運好了。」

扣五十分！你這個呆頭鵝！兩個人慢慢騎車去不是很好嗎？你趕時間嗎？我可是想表現我的體諒才這樣說的耶，難道他不想騎車載著我慢慢去嗎？

「那禮拜四早上十點，約在捷運站囉。」

為什麼不跟我一起坐公車去捷運站？又沒有住很遠！

「好，到時候見。」

掛上電話，小莉覺得很奇怪，雖然心裡很高興，卻好像帶點生氣。

禮拜四早上，小莉故意晚了十五分鐘出門，卻又期待在公車上會巧遇阿森。

下了車，阿森已經等在公車站牌。

「等很久了嗎？」

「我剛到，正好早妳一班車。」

所以說，如果我準時出門，我就要在這痴痴地等你了嗎？

小莉有些悶悶不樂起來。

「走吧。」

「嗯。」

在這個沒有紅綠燈的路口，等待過馬路的時機，阿森顯然不擅於找話題，兩個人之間陷入沉默。

「我最不會過這種沒有紅綠燈的馬路了。」

小莉難以忍受一對一的靜默，隨口開了話題。

「那不然我牽妳啊。」

阿森笑笑地看著她。

加一百分！

也許這就是阿森最吸引人的地方吧，老是一副看起來過於冷靜的外表下，偶而就是會蹦出一些讓人心頭變得甜蜜的舉動。

捷運沿途的景緻很美，這個上班日的非尖峰時段沒什麼人打擾，阿森雖然一貫地話不多，但是看得出來已經比平常活潑許多；多數時候他靜靜地聆聽小莉說話，或是認真思考如何回應小莉。他知道自己很慢，而小莉很快，事實上他比周遭多數的人都慢很多，平常他會有跟不上的慌張，例如和愷子在一起時；但此時他覺得很安心，好像能信任小莉會等待、會給自己足夠的反應時間。

上班日的淡水老街冷冷清清，有的好像也只是一些觀光客。閒晃著的兩個人也不確定有什麼特別想去的地方。也許只是單純地想跟對方在一起吧。

「妳去過淡江中學嗎？」

小莉準備欣然接受這個提議，雖然……

「妳餓不餓？要不要先吃點東西？」

終於說了，因為睡過頭而省去早餐，小莉本還來有點擔心，自己有沒有力氣走到淡江中學那裡。

在一個阿婆獨自經營的麵店裡，小莉相信自己這一餐一定會消化得很順利為了維護自己的良好形象，飢餓的她特別注意細嚼慢嚥，不過她打定主意一定要把自己那碗麵吃光光。

下午一點半，操場上許多上著體育課的中學生，倆人靜靜坐著，讓胃裡的食物分解一下。小莉想起中學的時光。

「好懷念呢。」

阿森沒有說話，靜靜聽她說一些中學時的事情，看著她臉上的笑容。

小莉一邊閒扯，一邊想像阿森中學時在學校裡的樣子，那時他們早已經一起從兒童主日學升上國中團契，只是那時候阿森就跟現在一樣安靜，她還沒有注意這個男生，反而對外向又聰明、喜歡和穎穎鬥嘴的愷子比較有印象。

什麼時候開始注意到阿森呢？這很難說。好像就是不知不覺地，在一些分享中，感覺兩個人有些看法很像，喜歡的東西很雷同，諸如此類。

大概從國中開始，這個不愛說話的男生，開始在聚會時帶自己做的點心給大家吃，常常私底下多塞一個特別的巧克力給自己；聚會回家的晚上，顧不得女孩子怕發胖的心理，小莉會窩在床上把祕密巧克力吃掉，然後把包裝紙摺好放進一個小盒子，心裡也感覺到巧克力的甜度。

話說得差不多，阿森提議去看看馬偕醫生的墳墓。

大概是大學以後，阿森不再帶點心了，沒有人問為什麼，好像這一切就自自然然地結束。阿森還是話很少，可是他們好像不時還是有眼神交會或短暫的交談。有時候小莉會覺得，這些稀有的互動，就像是過去的祕密巧克力一樣，仍然造成了驚喜的效果。

站在馬偕的墳墓前，兩個人的心裡全然沒有懼怕，反而有一種感動。小莉無法確定，是因為自己所知道的、馬偕醫生的故事，還是周遭的環境氣氛，或者是和她一起享受寧靜的這個人。她想起自己進入物理系以來的經歷，唸書考試作實驗都難不倒她，可是這好像仍不足證上帝的存在，她的老師同學會拿這個戲謔地損她；她知道他們並無惡意，只是無法理解，一個學科學的人怎麼可以同時相信那種東西。她意識到這種懷疑會潛移默化，有時候好像也在催促她，在課本上的知識和聖經的教導之間作一個選擇。

站在馬偕的墳前，她決定暫時逃避心裡的衝突。想像著一個金髮碧眼的外國人，漂洋過海為這片土地奉獻自己的大半生，甚至在過世後，也沒有落葉歸根的堅持。

不知道是因為被馬偕醫生的事蹟所感動，或者是站在一個對的人旁邊感受和思考這些事情，這一刻小莉突然有種念頭，願意相信萬事萬物的背後，有種人無法以理性理解的信仰支撐著。

「牆壁好矮喔。」

回過神來，阿森站在牆邊打量、比劃著，顯然不想以正規的方式離開淡江中學。

「要不要直接翻牆出去？」

他展現難得的頑皮，小莉也覺得好玩起來。

「我看看喔……」

走上前去，小莉並不是高挑的女生，這讓她有些猶豫。

「門離這裡有點遠耶。」

阿森慫恿著。

小莉看看阿森興奮的模樣，心裡有種說不出的驚奇。這個看起來一向安分守己的乖乖牌，怎麼也會有這種淘氣的念頭？她有些納悶，也許眼前這個看起來木訥的男生，其實有很不同的一面等待自己慢慢發掘；也可能，阿森真的對自己有特別的感覺，是因為跟自己在一起，才激發他更多的想法。

「好，走吧。」

她欣然答應，雖然心裡還是掛念著，剛剛放他們進來的警衛，不知道會不會因為等不到兩人從大門出去，而感到錯愕。

今天聚會結束後，女孩子們決定留下來練一下復活節的獻詩，男孩子們原本約好要去打籃球。

阿綸為了自己負責的一些獨唱和旁白有點緊張，決定也留下來練習。

愷子面露難色，光自己和阿森這個肉腳可有什麼搞頭？

「那你們先去啦，我們只練一下就好，反正也蠻晚了，鋼琴不能彈太久，我們大概二十分鐘後就一起過去。」

子婕看得出阿綸的兩難，出面解圍。

兄弟倆人默默走到附近公園的球場，阿森看得出愷子並不想和他打。

「最近研究所唸得還好嗎？」

對於自己的球技也感到抱歉，他主動關心愷子。

「嗯，當然。」

愷子意興闌珊地運著球，時而作勢投籃。

阿森想起愷子一向不用家裡人擔心，自己的關心也是多餘。

「你想，如果我拿之前打工存的錢，去買一些做點心的器材，老爸……」

「拜託你喔，」愷子迅速作了一個上籃：「我現在要考試，別把家裡氣氛弄糟好嗎？你明知道老爸討厭你做這種女生做的事情。」

阿森沒答腔。

「有時候，」一個空心三分球，「你真的很難理解耶！到底腦子裡裝什麼？」

「……」

「要不要打？」

愷子停下來問他，阿森搖搖頭。

「為什麼不趁這個沒人看到的時候，學一學男生的玩意兒？」

愷子嘀咕著。

「對了，」阿森突然有種想挑釁的心理：「我最近想問一個女生，要不要當我女朋友。」

「喔，」愷子有點興趣了：「那怎樣？」

「你也認識她。」

「……」

愷子盡力表現得好像很專注，突然有點擔心。

「你想，小莉應該也對我有感覺吧？」

愷子停下動作，先是倒抽了一口氣，接著惡狠狠地瞪著阿森。

「這傢伙是怎樣啊！他明知道小莉是我系上的學妹耶。」

他想起最近兩個月，幾次聚會後，阿森會和小莉有說有笑地一起放聖經和詩歌本。還有聚會的時候，阿森開始會主動發言；有時候他說話的時候，小莉會在旁邊一直笑。放假的時候，阿森不再像以前只會窩在自己房裡不知在幹嘛，有幾次他會出去一整天。另外，他突然想像以前那樣，做甜點……。

阿森隱約可以感覺愷子的怒氣，刻意避開他投射過來的眼神。愷子對小莉有那麼點意思他是知道的，他也清楚自己和愷子比起來，差得遠了！以前他曾經覺得自己註定得退出這個遊戲，但最近他找到了嘗試的動機。

他想起幾次愉快的出遊，雖然知道自己還是沒有一處比得上哥哥，卻突然覺得那些美好的回憶，給足了他動力和勇氣。

「你故意的哦？」

愷子怒目而視，阿森把視線避開，仍然不說話，有點對自己刺到愷子的痛處感到自豪。

「一對一啊，快啊！」

這時候愷子終於被激怒，運了兩三下手中的球，他使出全身的力量傳給面前的阿森。向來沒有運動習慣又自認沒有細胞的阿森，對這個強力的一擊招架不住，跌坐在地上。

「你快點啊，這樣子是幹什麼？你又不講話了對不對？你也只會這招而已啊，對吧？遇到什麼事就一副畏畏縮縮的樣子，什麼都不說，一副很委屈的樣子，真的很讓人討厭耶！是不是男人啊？真不敢相信我為什麼有這種弟弟！」

剛才的得意很快就消失殆盡。阿森想起徐姊所說的，那之後他並沒有刻意朝那個方向塑造自己，直到此刻他幾乎確定自己是改變了，不僅更加確定愷子喜歡小莉，對於愷子的激烈反應，他更有種成就感，認為那是因為愷子的危機意識使然，表示愷子也視自己為一個可能的對手：一個可能扳倒他的對手。

「你以為你是什麼東西？你成績也沒有我好、長得沒有我高、更沒有我受歡迎，你憑什麼認為小莉會喜歡你？拜託！你哪一點比得過我啊？」

阿森的腦子陷入一片混亂，像以前那樣，愷子罵的這些話一字一句仍然能夠刺痛著他；如果是以前，他一定會用最原始的方式來反應自己的傷心，可是現在的他知道自己不同了，他必須讓愷子也明白這點。

顧不得自己還坐在地上，他使盡全力把球丟向愷子；愷子可以感受到那種力道，他丟開球，整個人撲到阿森身上，兩個人在地上扭打起來。

練完詩的幾個人正好走了過來；阿綸和子婕先到，大約目睹了一些經過，隨後到的小莉和穎穎則明顯很錯愕。

阿綸把愷子拉開，穎穎跑過去把被壓倒躺在地上的阿森拉起來。

愷子仍掙扎著想過去多揍個幾拳，嘴裡仍咒罵著。

「鬧夠了沒？」

子婕擋在愷子和阿森中間，瞪著愷子。

愷子被子婕突如其來的堅定嚇到了，掙脫阿綸的手，不再說什麼，只是瞪著阿森。

「高智愷，你瘋啦？你真的很誇張耶！」

穎穎拿出包包裡的衛生紙，嘗試幫阿森止血。

「還好嗎？有沒有怎樣？」

阿綸上前去幫忙查看阿森的傷勢，接過穎穎手中的衛生紙。

「還好，破皮流血，還好沒怎樣。高智愷，如果有怎樣怎麼辦？你真的是喔……」

穎穎一邊報告傷勢，一邊訓著愷子。

小莉站在一旁，好像既擔心又受到驚嚇；阿森看她一眼，有些不好意思。愷子怒氣沖沖地盯著兩人。

「高智愷，你到底是怎樣？自己弟弟是可以這樣打喔？不能好好講喔？有什麼事情要大家弄得……」

穎穎罵著愷子，見他沒像平常那樣回應自己，順著愷子的視線望去，似乎恍然大悟，也不再說話。

「很晚了，別打球了，明天大家還要早起。」

阿綸把阿森扶起來，作了這個收場白。

「走了，大家最近都很累，回家睡一覺會好一點。」

子婕收起情緒，走過去拍拍愷子。

愷子試著恢復鎮定，胡亂朝子婕點點頭，頭也不回地自己走了。

無法確定那是一種什麼感覺，面對自己的弟弟，愷子從出生到最近以前，一直以一定的距離在各方面領先著他。強大的優越感是一定有的，特別是像他這樣自尊心很強的人；但是生長在同一個屋簷下，一種說不出來的連結，或許更壓倒他的驕傲。如果追在後面的，是一個不認識、不熟悉的對手，愷子會頭也不回地拼命往前衝。然而阿森不同，他緩緩前進，看不出有追趕的野心，偶而還會對自己投以崇拜的目光，甚至不時跌倒，讓愷子基於那連結停下，或者回過頭想拉他一把，對他發出前方路障的警告。

多半時候，愷子活在一個競爭激烈的人生裡，可是後面的這個對手卻不時牽制自己的衝勁，儘管他從未提出要求。

於是他領先的衝動，似乎有點變質了。他不知道是自己追求一種勝利的感覺，還是把自己當作這個落後者的探路者。

然後預料之外的情況發生了，突然間兩個選手好像換了順序，至少在愷子的認知裡是這樣。

他不確定自己是生氣或恐懼；也不確定原因是不想輸，還是因為失去一種擋在某個人前頭的優越感而焦慮。

「我陪他回去好了，妳們也早點回家休息吧，大家都辛苦了。」

阿綸攙著有些一跛一跛的阿森，對女孩們說。

子婕向他點點頭，要他小心一點；穎穎有些失魂落魄，然而她不時會盯著小莉；只是小莉顯然還在驚嚇中，沒有注意到。

亞熱帶的復活節前夕，不冷不熱，就像這裡非基督徒、甚至是基督徒對它的觀點一樣。最近教會逐漸在宣揚一個觀點，就是耶穌的復活遠比祂的降生更值得慶賀。這是一個轉折點，如果耶穌只是為人們的罪死了，沒有下文，將使得整個基督教信仰幾乎失去意義。儘管耶穌的降生普世同慶，但祂的復活才真正給予我們盼望。

故事到這裡也發生轉折，遺憾的是這個轉折不只沒帶來任何盼望，甚至引出許多的失望。

來到教會實習也邁入第八個月了，徐佩淇不僅更熟悉教會事務，在團契的歷練更是讓她意想不到的經驗，有時候她甚至覺得在這群青年人中，儘管對上帝的實質談論有限，然而藉著他們，她更多地遇見神。

知道自己比較一板一眼，第一次看到李哥和孩子們在聚會中的自我介紹，她不免有些不安。那種笑點不斷，有時候是令自己反應不及的，那天晚上她懷疑自己是不是能融入這種相處模式。

也許是平衡，或者是自己被改變了；她不知道，只覺得不知不覺中享受著每一次聚會。儘管她必須承認，有時候對於笑點的反應還是慢了半拍，但是這些人給她一種安全感，這種慢半拍並不改變他們對自己的愛，甚至他們也愛她的這種慢半拍。

這個復活節，她和契友們一起參與了詩班的清唱劇；整個四月，除了每週六晚間的聚會、週日的主日崇拜，會後的吃便當、練習，更增加大家見面的時間。

年輕人的加入當然為每次練習，帶來更多美其名叫做朝氣，卻常常讓詩班長要出來管秩序的狀況。

「欸，惠敏姊，今天送便當那個很帥耶。」

「喔，這樣啊，」詩班長也會順應著女孩子們：「好，那提醒我以後都訂這一家喔。」

「子婕今天彈得有氣無力的耶，跟男朋友吵架囉？」

「愷子，這樣不夠低喔，下巴要再更開一點、再深一點，心裡一直想『低』、『低』、『低』……」

唱男低音的愷子這次擔任魔鬼的角色。

「惠敏姊，不行啦，愷子的智商已經很低了，不能再低了。」

穎穎找到機會一定要虧他一下，儘管自己知道很幼稚。

「……將世上的萬國、和萬（破音）國的榮華，都指給祂看……」

阿綸整個人從頭皮紅到脖子。

「哈哈哈，這樣更有效果啊。」

不管年輕人做什麼，大人都會發笑，油然而生一種「啊，年輕真好、年輕人真可愛」的感覺。

「主曾說，吃這餅為記念我……」

今天吃日式便當，愷子不禁對著正在吃可樂餅的阿綸唱了起來。

雖然話題總是會離「耶穌復活」這個主題很遠，而且不免拖延練習的時間；這群幾乎不會看五線譜的成年人，加上幾個愛打屁的青年人，很神奇地也會時常被練習的和聲感動。

忙碌和喜樂，讓人忽略時間的流逝。

復活節前夕的週五晚上，人們各自在下班下課後趕到教會，牧師和師母也坐在長椅上聆聽近乎成形的整齣劇。

最後一個音結束，大概有五秒的安靜。

「啊，好餓喔。」

「高智愷你是豬喔！剛剛不是才吃過晚餐？」

好了，又回復正常的狀態；在僅有五秒和諧和聲帶來的感動之後。

徐姊好像漸漸習慣孩子們的模式，彷彿這才是大家正常的口吻，這種氣氛會讓自己感到安心、感到歸屬，特別是在確定要留下來的那一刻。最後一個和聲的感動讓她感覺神在他們當中，但是隨後的打打鬧鬧也不遜色，好像更加真實。

那天晚上和牧師及師母步行回到住處前，他們先請她到辦公室，在那裡他們首次徵詢她留在教會的意願。

「執事會決定聘請妳留在教會。」

根本不需要任何一毫秒，至今的種種可以讓她毫不考慮地說「好」；然而她神學生的身分提醒她，這不是基督徒做事的方法。

「牧師，我想我會為這禱告。」

「嗯，我們也會為妳禱告。」

「那我大概什麼時候要決定？」

「大概五月初吧。怎麼樣？」

「嗯，可以。」

數算這八個月，她才訝異於原來已經快到了實習期滿的時候，也就是決定未來的時刻。這些日子以來的經驗，是她來這裡以前，未曾預料過的。進神學院的時候，她有一籮筐的夢想，也相信上帝在她身上有特別的計畫，幾年來沒有懷疑過。不能說她沒有勾勒過一個對未來的想像，但她只待過沒什麼青少年的教會，這裡空前的經驗，這時才讓她自問：是不是會讓她原初的期待有所改變呢？

就求問神吧，她相信祂定有合適的計畫，即便在這短短八個月裡，改變了自己過去幾年來的執著，也不無可能。

是哪些點或者哪些原因，讓她得到一種確據？在事後的追溯中，很奇怪她再也想不起來。有時候某些感覺或信念，好像在某一刻就會突然異常堅定，使人可以從這種肯定中獲得平靜和安全感。

而外邦人會說，基督徒稱這種感受叫做「聖靈充滿」。

早於牧師和師母給她答覆的期限，在復活節前一個禮拜的團契聚會上，李哥就代替她向契友們宣布自己即將留在教會的消息。

「以前啊，我都不太敢管她們女生呢，」李哥假裝向徐佩淇抱怨道：「都對我們男生好兇！把我們踩在腳底下耶！從今以後，就麻煩妳多多調教她們囉。」

「嗯，當然。」

「尊重女生是應當的吧。」

「就是啊，不喜歡的話，以後啊，女生呢，就由徐姊帶領，在大堂聚會；啊你們男生啊，就去副堂，讓李哥荼毒吧。」

「為什麼？我們受妳們欺壓那麼久，應該是我們用大堂吧！」

「沒叫你們去院子就不錯了！還敢嫌棄？」

「徐姊，我看妳加入我們男生好了，讓她們三個去院子，這樣比較對。」

「徐姊是來幫我們女生爭取權益的，她怎麼可能會想加入你們？少臭美了好不好……」

坐在徐佩淇對面的阿綸，給插不上話發表感言的她一個微笑，而她也回以一個眼神，靜靜地聽大家的天花亂墜，邊聽心裡還有莫名的欣慰。她回憶起第一天到這裡加入的那場聚會，油然而生一種熟悉感：「可得好好習慣、融入大家啊！」這是她在心裡給自己出的新功課。

Chapter4

接納

我是基督徒，

有時候，

我真希望自己不是……

每年一次的復活節，身為一個信徒，例行地會被忙碌、彩蛋、分發單張等等活動填滿。不過教會組織也是有新意的，不知從什麼時候開始，地區的教會組織會聯合起來在這一天舉辦大型活動，號召基督徒們共襄盛舉。

除了是和徐佩淇共度的第一個復活節，今年教會詩班長達四十分鐘的獻詩，也是前所未有的。詩班長特別邀請團契的年輕人加入，增加了和教會長輩相處的時間。

「加油喔，今天。」

子婕理所當然地負責司琴的服事。會前，阿綸偷偷塞給她一個小小的音符鑰匙圈，為必須撐完全場的她打氣。

坐在琴椅上，在指揮一聲令下後，子婕彈出第一個音。

「司琴的影響是很微妙的，演唱者和觀眾往往看不到他，但是他們的情緒都被他緊緊牽動。」

子婕想著詩班請來教唱的錢老師，曾經告訴自己的話。

過去幾個月，她專注在自己的牛角尖裡，透過琴身的倒影，她明白如果沒有這些人、那些經歷，今天自己不會坐在這裡。她決定什麼都不去想，此刻只把心思留給曲子。

「彼拉多見說也無濟於事，反要生亂，就拿水在眾人面前洗手說，流這義人的血，罪不在我，你們承擔罷……」

不和諧音搭配描述耶穌將要受難的口白，子婕想像耶穌走那沉重的道路；好像這是生平第一次，她有一種耶穌為自己而受難的感觸，這些和絃也像自己過去所走的路——崎嶇殘破。

「我在罪中墮落沉淪，遠離天上父神，直到因信仰望十架，見主慈愛雙眼；祂眼神充滿慈愛，祂眼神充滿慈愛，使我眼淚流，使我心破碎，祂眼神充滿慈愛……」

徐佩淇以溫暖的嗓音，悠悠吟唱出耶穌受難後的這一段思想：很平靜但強烈的旋律，整個會堂的人似乎都不禁屏息以待。想起他，子婕還是會覺得有心痛的感覺，明知道他並不珍惜自己，靠近他的時候，連自己也開始糟蹋自己。

「安息日將近，七日的頭一日，天快亮的時候，抹大拉的馬利亞來看墳墓，忽然地大震動，因為有主的使者從天上下來，把石頭滾開，坐在上面，天使對婦女說，不要害怕，我知道妳們是尋找那釘十字架的耶穌，祂不在這裡，照祂所說的，已經復活了，妳們來看安放主的地方！」

穎穎朗誦著宣告耶穌將要復活的口白，這是一段充滿希望的高音旋律；子婕祈求上帝修補自己不堪的過去，即便想起這些就讓她感到難堪，但是她決心不要被這一切捆綁，要讓這些成為自己的力量。

旋律漸漸上揚，子婕幾乎要釋放全身的力量，去表現接下來持續到曲終的高潮。

「請大家不要鼓掌，我們是為神獻詩，不是來表演的。」

詩班長搶在大家的喝采前說著；孩子們突然感到一種無上的光榮和成就感，不敢相信為了站在這裡的四十多分鐘，和身邊的這些長輩們一起付出將近三個月練習，特別他們當中許多人是看不懂五線譜的。

會後除了分發彩蛋之外，簡單吃過午餐，契友們也約好了要一起參加今年的復活節大遊行。一群人浩浩蕩蕩地搭著公車前往集合地點。

高家兄弟的嫌隙還沒得到解決，愷子一直粘著阿綸，偶而和李哥扯些什麼；女孩子們和徐佩淇自成一群；阿森明顯處於落單的狀態。

子婕注意到小莉不時不安地觀察阿森，正想催小莉過去跟阿森聊聊。

「幹嘛都不說話？」

穎穎打破阿森的沉默，他雙唇勉強揚起弧度。

「對啊，剛剛錢老師才跟我說，阿森今天唱得不錯喔。」

「真的嗎？」

徐佩淇出來打了圓場，阿森聽後露出害羞的笑；上午的獻詩原本安排阿森有段獨唱，因為聲音不夠大，後來加上阿綸一起唱。

「阿綸幫忙的吧。」

愷子小聲嘀咕著，只有阿綸感受到他的酸葡萄心理。

在偌大太陽光底下，跟著混雜的隊伍走完全程遊行，加上這陣子的忙碌，眾人漸露疲態。

出乎大家意料之外的，遊行結束後，主辦單位還在集合地點安排了聚會。

「吼，累死了啦！」

「好渴喔！」

「突然覺得好餓喔……」

幾個人開始抱怨起來，交談的口氣也漸漸不耐煩。阿綸提議不要參加後續的晚會，大家在附近找個咖啡廳坐坐。大家欣然同意。

「啊，明啊仔的氣力，今啊日給你攢便便！」

猛灌侍者送上的白開水，愷子恢復耍寶的體力，模仿廣告的口氣，用豪邁的口吻說著。

女孩子們熱烈討論想吃的餐點，整天下來的疲倦就像未曾存在過一般。

「喂，不用那麼大手筆吧！等下錢不夠把妳們留下來洗碗喔。」

李哥被她們的亢奮嚇到。

「沒關係啦，有『愷子』在啊。」穎穎說得輕鬆！

「身為一個『愷子』，幫人家買單也是要看姿色的，妳說說看，妳們幾個有哪一個配得我的無上恩寵啊？」愷子不甘示弱地回嘴，架子擺得不低。

徐佩淇看著這些青年人就像平常一樣打打鬧鬧、憧憬著未來自己將要和他們這樣共度很長一段時間，突然有很深的期待。

阿森還是不太說話，不過他一向如此，眾人似乎也不以為意。小莉仍然不時觀察他，心裡隱隱擔心；阿森可以察覺小莉的敏感，有時會微笑看著小莉，算是要她放心吧。愷子盡量讓自己專注在帶動整個氣氛和談話，每當瞥見小莉看阿森的眼神時，就會有意無意找話題要小莉參與；穎穎常常是愷子或其他人的主要回應者，不過漸漸她也注意到氣氛的微妙，這讓她莫名地坐立不安。

「陳子婕，陪我去上廁所吧。」她按捺不住，突然提出這樣的要求。

「妳不覺得小莉怪怪的嗎？」

在廁所裡，她抱怨地說著。子婕大概猜得出來龍去脈，心想：「妳也不遑多讓啦。」

「阿森也是，都不講話，幹麻臭一張臉啊。」

子婕知道穎穎的心浮氣躁，心想：「阿森不是一直都很少講話嗎？」

「愷子是不是嗑藥啦？那麼亢奮！」

子婕明白穎穎在東拉西扯，心想愷子哪天不是處在這樣的亢奮狀態。

牢騷發完了，兩個人又回到餐桌上。

「去那麼久，開小組會議啊？」李哥故意糗她們。

「心情差，犯法嗎？」穎穎沒好氣地回他。

「怎麼啦，沒吃飽是不是？」愷子的嘻皮笑臉，換來穎穎一個認真的白眼。

她低下頭，把玩著桌上的餐巾紙。

「是最近太忙了嗎？」知道最近大夥多忙著期中考和復活節兩頭燒，徐佩淇關心地詢問。

穎穎聳聳肩，繼續翻弄手中的餐巾紙。

「學校還好嗎？」

「……有時候真不懂信耶穌有什麼好的！」

用一種隨意的口氣說著，不怎麼激烈，穎穎這種態度反而震驚到大家。

「怎麼啦？」

「我被甩了。」

流下眼淚，穎穎的突發反應讓大家都有些措手不及。

「啊，那是他的損失啊，沒眼光的傢伙！」

子婕和小莉忙著搜尋包包裡的衛生紙，連愷子都急於奉上安慰。

「可不可以不要這樣跟我說，我已經聽過N遍這種話了，如果我真的那麼好，他為什麼會不喜歡我？」

子婕想起自己幾個月來的心情，伸出手拍拍穎穎的背。

「那這跟信耶穌不好有什麼關係呢？」李哥拋出問題。

「其實，他不是很能接受這點，他跟我說過他是不可能信耶穌的，還有……一些，反正就是他對我們一些規矩就是很不喜歡嘛，他可以接受我信，但他說如果我一定要堅持那些規矩，那我們之間就不可能。

「他真的很好，在很多方面都是我的夢想條件耶。他對我也很好，我以為只要一直為他禱告，有一天就有可能……可是現在呢？整個都搞砸了，他從來就沒有一點想要信的樣子，還把我給甩了；他現在跟一個我們班的女生在一起，我一個禮拜要看三天以上，都快受不了了啦！」

穎穎有些激動地全盤拖出。

「你們一定覺得因為一個男的就這樣說，很笨很沒骨氣，可是不是那樣的，上大學以來我就覺得信仰給我很多不便。有時候同學約出去做什麼事情，好像我的禁忌最多。之前我們啦啦隊比賽前，大家說要去廟裡拜拜祈福，也是只有我不能去，結果呢，我們拿了個第二名，大家表面上沒說，我心知肚明他們看我的表情都不一樣了，好像都是因為我沒有跟去拜拜害的！

「我撥那麼多時間在教會，最近為了復活節的獻詩，我幾乎推掉所有應酬，結果期中考還不是照樣都砸掉了！」

「我一直為男朋友跟我禱告，最後他還不是沒有改變？而且，他現在把事情都傳出去啦，現在大家都知道我們信基督教的女生很難搞，看我以後還有沒有人要！」

穎穎劈哩啪拉說了一大串，還引來一些鄰桌客人的注意。但眾人沒有阻止她，任她盡情發洩。

「我看我們以後都關在教會到老到死都不要出去最好啦！反正出去也不會有

人可以理解我們！」

她撂下這句狠話，猛力用右手撐著下巴，閉上眼一副不想說話的樣子。

「也許，那個男生不適合妳。妳現在可能對這樣的說法不以為然，但是，其實信仰是這樣，有時候當下妳不能明白上帝怎麼可以這樣對妳，但也許祂這樣的安排才是最好的。當然妳現在覺得一切都扯到極點、不可理喻，但這是要自己去經歷的。」

李哥突然有點內疚，懷疑自己平常沒有給他們建立足夠的信心。

「他還去跟人家說妳怎樣，妳不覺得這樣很差勁嗎？」

子婕想起自己以前，覺得好像可以明白大家之前的苦心。

「有時候，人所造成的錯誤，上帝可能暫時容許那發生，但祂會保護我們，雖然傷心但不受傷害，不要因為人所製造的傷害，而對上帝失去信心。」

深知穎穎現在難以接受這些，徐佩淇還是盡力擠出些什麼。

「不能只要求好處啊，信仰不是這樣，至少我們的信仰不是這樣，要相信不管遇到什麼，神都會帶妳度過，而且為妳預備更好的，這才是神給我們的恩典啊。」

阿綸有感而發，家裡對自己信仰和課業的不支持，這一路以來他都可以感受令他安心的帶領。

「什麼時候？要等到什麼時候？如果這個信仰帶給我的一直都是壞處、麻煩，讓別人覺得我們信基督教的都很難搞，那我要怎麼相信會有什麼好事會發生？更不用說什麼傳福音了！誰會想信這種東西啊？哪個年輕人會想這樣？」

穎穎覺得受到大家的撻伐，問題是現在事情是發生在自己身上，大家當然可以說這種風涼話！

「之前，」阿森突然開口：「我們讀到二次世界大戰迫害猶太人、還有那些集中營的歷史，我就會開始懷疑，上帝真的存在嗎？祂真的揀選過猶太人嗎？我看過一些待過集中營的人的自傳，我就會想，如果把我放在那樣的環境裡，我還有把握自己會相信上帝愛我嗎？如果不行，如果沒有人做得到，那誰有權利要求那些受苦的人這樣做呢？」

穎穎覺得阿森把話題扯遠了，跟集中營的人比起來，自己的痛苦實在很不夠看，但也許感受是類似的，那種處在屬於自己的絕望中，還被要求去思想上帝偉大旨意的天方夜譚。

「那基督徒可以聽搖滾樂嗎？」

愷子看著李哥，突然從自己的沉思中發出這個疑問。

「很多人都說搖滾樂裡面充滿暴力啊死啊什麼的，會對人產生不好的影響。可是我和我一些朋友都有在聽啊，我們也沒有變得很壞或去自殺什麼的。我聽的算是比較重的那種，我知道有人聽那個來自我麻痺什麼的，我嘛，不覺得我別有目的，我就喜歡那種強烈的感覺，沒特別的原因理由，何況我並沒礙到人啊！很多樂團其實都很關心社會和世界，會透過他們的音樂呼籲大家重視一些問題，表達他們反對僵化體制的心聲，我覺得這樣很好啊，可是常常我在聽的時候就會覺得毛毛的、有點良心不安。」

小莉想起系上碰到的很多同學老師，那種要自己在科學和信仰間擇一的壓迫感，有時候好像自己在學業上的少數盲點，會被歸因於她所持守的信仰所致。

「所以我說學清教徒那樣最好啦，與世隔絕嘛，耶穌不是說，不撇下父母就不能跟從祂的嗎？」穎穎開始說起氣話。

「像美國有一種阿米許教派，人家他們還沒水沒電，過中世紀的生活耶。」愷子跟著起鬨。

「那我退出！我放棄！我承認我不夠屬靈！」穎穎表示投降。

「我平常可沒教你們這樣斷章取義喔！」李哥皺起眉頭：「記不記得耶穌斥責過法利賽人的自命清高？約伯受苦的時候，上帝也說，祂喜悅約伯甚過那三個在那邊興災樂禍的三個朋友？神既然把我們擺在現在的位置上，就會有祂的意思和安排，才不會是要把基督徒從人群裡面隔絕出來。」

「而且耶穌自己降世為人，就是一種最好的顯現啊。」徐佩淇說：「祂是神的兒子，卻願意來到人世間，以人的形象和不如祂的人生活在一起，祂自己就最足以顯示了走入人群的重要性。你們的朋友或周遭的人，可能難以接受你是基督徒，或是你因此所堅持的一些原則，但反過來我們卻要學著接納他們，神不會要我們跟不相信祂的人處在一種對立的狀態。有時候我覺得，重點反而是我們自己，當周遭的人都和你不一樣，你能不能坦然面對、表明自己的信仰？有沒有像穎穎這樣的勇氣，去拒絕一些違反自己原則的行動？也許當下會讓別人不舒服，可是對方至少會學到一件事情，就是你是一個很有原則且不願意違反的人。在我還沒有信主以前，我覺得我周遭不少基督徒都是這樣的，這讓我覺得他們和一般人不一樣。」

「不是說『信耶穌得永生』的嗎？」李哥說：「神又沒有保證信祂以後人生一片光明、一帆風順，可是祂應許給我們恩典和憐憫，是不會變的。神對人的愛是沒有條件的，碰到難處的時候，你們可以從這個角度去想，並不是因為我們的好為我們爭取到什麼，恩典就是無條件的給，不順利不代表上帝想整你。我很難具體說明在這些案例中，上帝到底在想什麼，可是祂真的都有在看顧和帶領，我覺得身為一個基督徒，我們會比別人更明白的。因為這樣，我們就可以在碰到困難的時候，仍然有新的盼望。」

「而且世界上很多的苦難或是問題，其實都有跡可循。」徐佩淇呼應：「我的意思是，我們常常可以歸結到人，或者說，是魔鬼藉著人所做出來的。如果什麼都怪給上帝，這並不公平，反而只是人不想為自己所做的負責任！神會容許這些發生，但是不管多糟，一切都還是在祂的掌握之中，為此我們身為祂的兒女，可以感到安心，只要把自己交給祂。」

「每次發生衰事就怪上帝，這樣上帝很可憐耶。」

李哥開玩笑般地說。

「至於做什麼可不可以，」阿綸忽然想到愷子的疑問：「保羅說過：『凡事都可行，但不都有益處。』我認為神沒有窮盡列舉生活裡的大小細節，但是祂給我們自由意志，還有很多行使的好機會。我覺得有時候祂會在我們心裡放入感動，如果我們為這些事情求問神，我相信祂會藉不同的方式來回答。」

「可是如果神真的不要我聽搖滾樂，諸如此類的事情，你不覺得這個信仰的代價很高，要因此放棄的事情很多嗎？」

「世界上的選擇那麼多，人本來就要有所選擇，不是嗎？」徐佩淇提醒愷子：「我承認堅持信仰會有這些可能的後果，但這才是神要我們從人群裡分別出來的方式，而不是不跟非信徒來往、交朋友。可是神也應許更大的恩典給我們，好吧，仍有苦難，但有永生的盼望。」

孩子們不再說什麼，各自若有所思的樣子。

李哥深知這是他們早就知道的道理，只是在遇到真正的問題時，包括他自己，有幾個人可以用這種模式去身處其中？即使他以所知去告訴他們這些，他也懷疑自己能做到多少。

就像八個月以來許多週日下午的慣例，徐佩淇會背著她那個被塞得有點誇張的背包，坐長途的客運，回到家裡陪媽媽，然後在休息一個晚上之後，又把那個爆滿的包包背上客運，回到牧師家。

為了忙復活節的事情，一個多月以來，徐佩淇幾乎沒回家。這個週末下午，她得到一個難得的假期，特別向團契請了假，背著那個巨大的包包上了客運；但確實地說，首要目的地不是家裡，在那之前，她要先繞去學校一趟。

她向來是不會遲到的人，在和老師約定的半小時前，她已經站定在學校大門前。不顧包包帶來的負重，她決定先一個人逛逛久違的校園。

從小她就是那種會被老師在評語欄寫上「循規蹈矩」的學生，並沒有付諸特別的力氣去爭取，況且這似乎也不需要什麼努力——她就是這樣：遵守所有規定，在這點上她總是無可挑剔，既不特別害羞，也不羨慕出風頭的同學，反正權威怎麼規定她怎麼辦——不多也不少。出社會工作、進神學院，感覺上她還是老樣子。

神學院的班級比任何一個她過去所唸的要小很多，想想基督教的教導：每個人在上帝看來都是獨特的。這些因素加在一起，在這個寄宿的校園中，剛開始她有些不適應，說不上來為什麼，不外乎那些大家輪流發言的機會和講台的訓練，加上基督徒——你知道他們的，每次你在他們面前要說什麼，他們會睜著大大的眼睛、投以期待的神情，來表達他們對你的關心和重視。

她並不特別害羞，選擇作一個傳道人，她早就有面對眾人侃侃而談的心理準備。但不知道為什麼，進學校之後，才覺得一切和想像的不同，也許一個傳道人的自我呈現，並不只限於站在講台上面，而是任何時間點——分分秒秒、每時每刻；不只是你所說的話，而是你整個人——原原本本、由外到內。

她以為自己是內向而非害羞，後來才知道，要讓別人透視整個我，甚至是讓自己面對全部的自我，才是最難的部分。她也許並不很滿意自己的一切，像是腦袋、身材、個性等，但至少並不討厭自己。後來才知道，上帝要她做的不只如此，祂要的是一種全然的接納、愛自己整個人。

一直以為進神學院，是來被訓練如何教導別人的，結果她卻在這裡，遇見了她的掙扎，並且被迫面對。三十歲的女人了，沒交過男朋友，大概也沒被暗戀過，算是標準的敗犬吧，沒出過國、不懂化妝、外表平平、個性不鮮明、表現中等，她懷疑過去的同學，多半會翻開畢業紀念冊並納悶地指著她的照片，心想這是誰，搞不好根本會略過她的照片。

有時候她並不確定把這些感覺想清楚，究竟有什麼幫助；至少八個月前，她踏出校門去實習的時候，她從來沒有覺得自己比進學校以前更喜歡徐佩淇這個人。也許反而是更厭惡也說不定。

然後她遇到了子婕，這種應該是她、或任何一個女生心底夢想成為的女生。有時候她也很心虛，在告訴子婕「上帝愛妳」、「妳很特別」這些話的時候，對這些「教條」，自己又相信多少呢？然而希望子婕學著珍惜自己的渴望是很強的，她還是不斷強調；不只是給子婕，也給所有的契友。撇開自己不看，她會在他們每一個人身上，看到即使是很小、卻也是上帝給予的特別恩賜。

喔，還有阿森，這個，也許是徐佩淇的年輕男生版吧。阿森總是話很少，對上同樣話不多的自己，不時會穿插尷尬的靜默。鼓勵這個男孩常讓自己死掉很多腦細胞。老實說要努力去細說阿森的優點，還蠻難的；如果可以像國小老師只給個操行分數一樣，自己大概會不假思索地打上八十五分，奉送一個「中規中矩」，就像當年的自己一樣。

除了這麼多的不確定，有一點她是可以肯定的，就是上帝不會用這個世界的眼光看阿森，甚至藉著自己的眼光來看。很多次聚會以後，在眾人聊得起勁的當兒，她會看見阿森默默地收拾聚會的聖經、詩歌本、椅子；一有新來的契友，每個人都忙著招呼，阿森會悄悄地搬來一張椅子；每當有人在團契分享時間掉眼淚，阿森也會突然不知從哪遞上一包面紙。

「神都記念。」而也許，來到這裡、遇見這個男孩，她才學到這個功課。

「佩淇，早啊。」

熟悉的聲音喚醒思緒飛馳的她，老師給她一個欣慰的微笑。

寒喧、近況、想法，就像任何一對久違的師生間所上演的戲碼那樣。徐姊很努力地壓抑著想告訴老師那個好消息的心情；卻有種一句話也插不上的感覺，總覺得老師不斷蹦出新的話題，但就是避談未來的安排。

是上帝的提醒嗎？老師那些有關恩賜、負擔、經歷神、忠心的僕人，種種的關心。要自己再多想一想什麼的，也許吧。不過她認為這些交談好像讓自己更堅定，更肯定她要這個選擇。

某一刻她有些分心，思緒漂流到對未來的憧憬。

「……在那裡，怎麼樣？有沒有新的經歷？」

突來的問題迫使她回到話題中，並且相信，這就是宣布的時機了。

「嗯，和過去的教會很不同，結構上；不過牧師和大家都很幫我。」

李牧師和她的老師是舊識，去之前老師就這樣拍胸脯要她不用擔心。

「那，新的經歷？」

老師似乎想聽她具體地談。

「嗯……我想主要的服事，被擺在大專團契吧，以前我們教會幾乎沒什麼年輕人，很久沒跟年輕人這樣密切地相處了。」

「喔？」老師溫和地微笑：「可以多說說嗎？」

「大概都是一些從小在教會長大的孩子居多，」沒料到老師會想知道細節，雖然沒有準備，不過因為興奮，她以自己都驚訝的口氣侃侃而談：「而且也許是因為都還是學生吧，很有求知欲，感覺上，很能跟他們討論比較深的聖經、信仰問題，因為他們一起長大，也都很熟，沒什麼顧忌。我覺得，比較特別的是，平常查經以外的時間，好像很難真的去具體地討論上帝或信仰，可是我在他們每個人的身上，多少都能看到上帝對他們的奇妙作為，甚至是他們個人的信心。」

「嗯，很不錯啊。那，妳覺得，有沒有什麼難處呢？第一次，面對這些年輕人？」

「嗯，」她想了想：「我想還是有很多的，在這個年紀畢竟是比較迷惘的吧。」

「那妳大致是怎麼面對的呢？」

問題開始變得有點奇怪和刻意。

「我覺得上帝是要我在這些當中看到更多，雖然很多都是在事後才能有這些看見，可是總覺得，好像每經歷一次，就更堅定我對上帝的信心。相信祂會帶領我，不只是度過每一個關卡，更會教我如何在將來運用這些經歷。」

「嗯，」老師的臉上不知何時沒了笑容，看不出滿不滿意、認同不認同。

「頭一次的經歷，總是會面對比較多問題吧。相信上帝會在將來把這些轉化成妳的一部分，來使用妳。」

她猜測這是一種認同的表示吧。

「也許有些人在當下並不是很能認同妳，不過我了解，妳一向是很認真的。年輕人吧，有時候他們的想法很難掌握的。那時候畢竟妳才剛過去，孩子想不開，我相信並不是一時的，李牧師說，事後妳也很盡心地輔導那個孩子，總之我相信妳是盡力了，也相信妳不可能帶給那孩子什麼壞影響。有些說法或論斷，也許對妳很不公平，那是因為他們不夠了解妳，或者是太過輕率地推斷原因。我知道，那對妳並不公平。

「不過聽妳這樣說，我相信在面對這些問題的時候，妳的確倚靠神，不管最終情況如何、別人如何論斷；神說伸冤在祂，我相信妳的努力，祂都記念。只要妳跟隨聖靈的感動，上帝看妳是忠心的管家，那就很足夠了。而這些也都會變成妳的一部分，將來上帝要用妳。」

她不禁覺得老師意有所指，卻不知道怎麼旁敲側擊。

「老師……」

「這些日子，妳應該承受不少吧？」老師拍拍她的肩膀：「聽妳這樣一說，我就放心了。雖然還有三個多月，相信接下來的時間，神依然會有祂奇妙的作為。」

她不太懂，老師想告訴她什麼。

「有考慮將來的打算嗎？」沒等她回答：「還是別擔心了，李牧師那邊，當然我們也是，都仍然為妳代禱，我想上帝必定有奇妙的安排。還是先心無旁騖地度過這三個多月吧。不要為明天憂慮。」

也許老師從誰那裡聽到了什麼。

「李牧師還是很讚許妳的，但是長執會這樣決定了，他也不好再多說什麼；師母說牧師是很努力地為妳說話了，只是有些長執還是因為各種因素……各自有各自的考量和立場吧，不過他們還是都認為妳很不錯，並不是說妳不好，只是也許教會有他們的需要……」

老師看她呆若木雞，覺得也許現在並非解釋來龍去脈的好時機。

「上帝會有祂的帶領的。」

然後，一切都靜止。老師是不會騙她的，這種事可不是能隨便開玩笑的，那牧師或師母又會騙她嗎？一個禮拜前的那些邀約、那些代禱，難道是自己作夢或會錯意嗎？低頭看自己踏在地板上、契友們合送她的Reebok球鞋，感覺背後沉甸甸的重量，試圖藉著各種物理可能性來確認這時刻的真實性。話到嘴邊的好消息、一個禮拜以來的計畫和想像，被重重摔個粉碎。

回學校和老師會談之後幾天，徐姊過著恍惚的日子。

原本勾勒的清晰未來，瞬間蒸發殆盡。她相信神的帶領，一直都是的，也因此進神學院以來，這種信仰支持著她傾全力求學服事，她相信種種經歷都是上帝的裝備，必須緊緊抓住。

母親從未反對她的信仰，對自己唸神學院的決定也沒有干涉。但是母親自己似乎並不想接受這個信仰，而這是自己一直以來的負擔之一。

現在她覺得母親接受的可能性又降低了。

她想起牧師和師母要她留下的那一幕，那之後的整個禮拜心裡的感動和滿腔的抱負，一度都讓她以為：這就是了。

她想起李哥宣布這個消息的那天聚會，契友們開心的神情，連帶過去每一個大家共度的時光。

那些堅定和感動讓她很快就回覆了牧師；而現在，像是被那些感動狠狠賞了一個巴掌。

回到牧師家裡的當下，她隱約覺得牧師和師母的態度都改變了；她不敢再多問，從交談中就可以探測到一些端倪。

該怎麼告知契友，自然也在煩惱之列。她不知道，是熬過接下來的日子，或者思考如何在團契宣布比較困難。

團契聚會的早上，她早早到了教會，一方面這幾天她都想盡量避開牧師一家人，另一方面她也想一個人靜一靜。

盯著自己的小辦公桌上、透明桌墊下，火鍋大會和同工營的照片中，每個人都笑得好燦爛。

沒有勇氣在這時候去計算，走到這裡，究竟是哪一步犯了錯；現在想這些也許無濟於事，主權在神的手中，祂給予、祂憐憫，祂也可以收回。

有幾個時刻，「神在懲罰」的念頭會不時浮現她的腦海，儘管神學知識告訴她不是這樣的——上帝會為祂的兒女作最好的預備和安排，但理性終究無法安慰她受傷的心。

「子婕的自殺？」現在這件事情，讓她又自責又懷疑。

她想到長老，他在教會裡很有分量，出事的又是他的掌上明珠，她想起出事那晚在醫院，長老幾乎沒正眼看她；或許是李哥，他帶得好好的團契，為什麼自己一來就出事；還是契友們，也許是當時處理的時候，就已經對自己有意見了；也許在知道自己要留下來後，有人提出了反對。

試著用好多好多的話語，來填塞自己破碎的心，她還是覺得好空好空。

傍晚六點不到，李哥和鈺蓁姊出現在教會。

「妳什麼都沒吃吧。」

她盯著桌上的早餐袋發呆。

「我們買了便當，一起吃吧。」

鈺蓁姊張羅起來，沒等她回應。

三個人默默對坐，嚼著飯菜。

「什麼時候畢業典禮啊？」

鈺蓁姊沒事般地問。

「六月初。」

「那天禮拜幾啊？」

「應該是禮拜六。」

「我們可以參加嗎？」

「看妳穿學士服的樣子。」

「給妳獻花。」

「……可以啊。」

「快畢業了，很興奮喔？」

「……嗯……」

有點刺到痛處，徐佩淇臉一沉。

「佩淇，我就直說吧，」鈺蓁姊瞪了有些嘻皮笑臉的李哥一眼：「我們想要妳知道，不管發生什麼，妳過去的努力我們都很明白。」

「多虧妳幫忙，我覺得妳來以後，我們這個團契改變很多。」

李哥正經起來。

眼淚無預警地掉下來，她趕緊拭去。

「這樣說好像沒有太多幫助，但是我們，尤其是李哥，他和妳一起同工最多，而作出決定的人沒有，只是憑著某些偏見或武斷，我們知道這對妳不公平。我們知道不該是這樣。」

「沒關係……」

「不要讓那些東西否定妳。」

「我們希望，人的傷害不會讓妳對上帝失去信心。」

「……」

「也許妳已經完成神要妳在我們中間做的事情，祂一定會帶妳去一個比我們更需要妳的地方。在這裡，妳已經給我們很多。」

「……」

看見她無法抑制的淚水，李哥按住太太的手。

「要不要我跟他們說？」

「不，我想好就會自己告訴他們。」

三個人靜靜地吃著，沒有人再開口，直到孩子們陸續來到，副堂的氣氛突然熱絡起來。看到三個大人一起晚餐的突兀畫面，心裡都有點納悶，但眾人就像平常那樣隨意聊著，好像任何一個平常的週六夜晚。

沒有服事也沒有心思，聚會中，徐佩淇幾乎沒有說話。

已知情的阿綸，小心翼翼地帶領今天的主題：「最後的晚餐」。

「耶穌既然道成肉身，某種程度祂就有很多人的屬性；想想看，要離開朝夕相處的門徒了，要被釘十字架了，耶穌的心情是什麼？」

「祂會害怕上十字架，因為肉身會讓祂疼痛。」

「也許祂也會捨不得他們，只是單純地捨不得。」小莉說：「他們在一起一段時間，已經建立了感情了；我覺得這是神本來就有的屬性，加上屬於人的感情。而且還不能明明地告訴他們，因為那個時間點上，他們沒辦法理解。」

他們你一言我一語，熱烈地討論。

「祂會擔心門徒。」

「嗯，也許祂有想過，自己離開他們，他們會失去了一個中心點，就好像後來那樣，都四散了……，就好像如果我有一天也不在你們中間了，是有這種可能性的，」徐佩淇這才開了口：「那時候你們還是會繼續很多的事情，也許是我們之前一起計畫的，或是你們會有新的計畫。」

沒料到徐佩淇會在這時、以這種方式，說這件事情。儘管阿綸好像省去了宣布這件事情的麻煩，他卻發現自己其實連聽的勇氣也沒有。

接下來自己胡亂說了一些什麼，徐佩淇自己也好像記不得了。

她想起耶穌離開世上前，給門徒的叮囑。

「你們要使萬民作我的門徒……」

「我不是耶穌，差得遠呢。」她心想。但她和這些孩子，同樣建立了很深的關係，本來以為就要這樣繼續下去了，直到最近的急轉直下。

她也不知道自己為什麼會在這個點上說出來，沒有事先的計畫，情緒一來就這麼做了。

要「交代」或「叮嚀」什麼嗎？突然覺得這種意圖是自私的。對這些年輕人，她所做的只是一些服事。她或許自作主張地勾勒了一些未來，對他們產生一些期許，但現在上帝要挪開這些了，也許是永永遠遠、一點不留地移開了。

很難說這件事情到底對她的信心打擊了多少，她不知道是因為她對上帝有堅定的信心，或者只是因為在他們面前，她想要表現出對上帝的信心。

「怎麼回事？」她看出每張臉孔上的問號。

這一次她自己也無法提供解答了，她或許比他們更想知道。

徐姊的話裡沒有太多明顯的線索，但沒有人真的追問什麼，也許大家各自有聯想，只是害怕深入下去，會得出所不希望的結果。

第二天，三個女孩子舉辦了睽違已久的腳踏車早餐會，熱烈討論徐佩淇話裡的含意。

「她只是說可能性吧，只是配合主題的比喻吧。」

小莉打了個大哈欠，前一天她參加了一個研討會，結束後還回家趕報告到凌晨。

「可是她幹嘛舉這種例子，而且她昨天晚上沒什麼說話耶，好奇怪。」

穎穎是發起今天約會的人，她就是想弄個清楚。

「妳太敏感啦，哪可能上禮拜才說好，現在又變成這樣？而且她是說可能性啊，教會聘她也不是聘一輩子吧？本來就可能有一天她會調走或什麼的啊。」

「我還是覺得很突然，很不對勁……」

穎穎看看旁邊的子婕，不發一語靜靜吃著蛋餅。

「陳子婕，幹嘛不說話？」

「其實，阿綸跟我說了，」她這才開口：「徐姊好像又突然要離開了。」

穎穎和小莉同時征住，小莉則是瞬間清醒過來。

「為什麼？」

「牧師把阿綸叫去，跟他說的，好像說是長執會的決定，他也沒多問。」

「哪有這樣的？」穎穎抱怨起來：「不是說長執會決定要聘她的？怎麼都是長執會在說？是兩家不同長執會是不是？」

「阿綸怎麼不多問下去呢？」

「他是覺得，一定有問題，」子婕比較早知道，所以較為平靜：「但是多追問下去，應該不會改變結果吧。牧師都把他叫去通知他了，應該就只是要他接受這個決議，又不是問他的意見。」

「怎麼可以這樣？」

「太突然了。」

「我覺得還是應該問清楚，」穎穎義憤填膺地說：「徐姊是帶我們的人，和我們關係最密切，那些長執又沒有參與過我們的聚會，怎麼可以不尊重我們的意見就這樣做？」

「我也覺得不對，」子婕想安撫她：「可是我和阿綸想得一樣，我們也許只能無奈、難過、生氣，就算知道原因又怎麼樣呢？我不認為他們會收回這個決定，更不會因為我們而這麼做。」

「我不管，」穎穎很執著：「我就是要弄清楚，我今天聚會完要去問清楚。」

顧不了其他人的勸告，穎穎心意已決。

主日崇拜後，在牧師辦公室。帶著一種將近質問的態度，穎穎沒想到，她面對的會是溫和又誠懇的牧師和師母。

「其實是沒有說好的喔。」

「執事會那邊沒通過，所以我們也是沒有辦法做什麼干涉的。」

「執事們有他們的考量和一些因素吧。」

「也許是徐姊會錯意了吧。」

穎穎看著牧師、師母神態自若地說著，牧師和師母怎麼可能騙人呢？特別他們振振有辭地說著，也許他們也是很挺徐佩淇的，好像執事會不通過讓他們也有說不出的苦衷；也許有些執事對徐佩淇有偏見，才造成了這次的事情。當下她突然後悔自己來詢問的決定，這好像讓她更加疑惑了。

徐佩淇要留下來的事情，是李哥向大家宣布的，李哥不是一個會隨便說話不加考察的人；穎穎並不願意相信會同時有兩個人都會錯意。

沒有人會錯意或說錯話，那剩下的可能性就是有人說謊了。

她看著眼前相當誠懇，而且似乎一向很誠懇的牧師和師母，頭一次感覺到，要選擇相信什麼東西，是相當困難而艱鉅的。

一整個主日，徐佩淇感受許多異樣的眼光，好像今天大家對自己的態度都有些刻意，也不知道是自己心虛或是想太多。好像今天自己就是很難真的作自己。

連講道她都無心聆聽，直到回過神來講員已經下台，輪到司會上台領唱回應詩歌，這時她才開始擔心團契的契友發現自己的心不在焉。在這點上她一向沒有特別要求自己，就是呈現最自然的自己就可以了，但是昨晚她對大家說了一些話，敏感的幾個人似乎已經察覺自己可能要離開的事實，她相信這會讓自己的言行更被注目。

「徐姊，有空嗎？」

會後阿森突然攔下她，儘管怕自己不知道怎麼面對可能的詢問，或許基於某部分的私心也想找人說說，她並沒有拒絕。

「我決定休學了。」

結果似乎是徐姊自己多慮了，阿森八成還沒有發現自己昨天說的那番話有特別的用意，倒是對她透露了另一個令人震驚的消息。

「什麼時候？什麼時候決定的？」

腦子裡還在煩自己的事情，費盡千辛萬苦才擠出一個看似不很適當的問題。

「大概就是這禮拜吧。」

「你爸媽知道了嗎？有告訴你家人了嗎？」

「嗯。」

這才發現阿森是很認真的，也許是剛剛純粹沈溺在自己的緊張裡，沒能去注意到。

「他們怎麼說？」

「很生氣，都很生氣，愷子也很生氣。」

「愷子也生氣？」

徐姊知道愷子有沒有生氣並不是重點，卻沒頭沒腦地問了這樣的問題，談到這裡，她才警覺阿森的這個決定可能會帶來的後座力不小。

「嗯。不過愷子向來都對我的決定沒有好評啦，這不稀奇。」

阿森反倒有些自嘲。

「那天跟妳談過之後，我很認真的想了，我真的唸書唸得很痛苦，偷偷摸摸地參加點心社，努力存錢買材料和教學書什麼的，就算知道旁邊的人不會認同還是做了，我想我大概是真的很喜歡吧，繼續在學校這樣耗下去也只是浪費。」

她知道自己離開的事應該是定了，但是阿森似乎是因為自己的一番話才有了這個決定，她覺得自己是不得不插手了。

「可是，你休學了之後要幹嘛呢？」

阿森有些愣住。他聽出徐姊口氣裡的些許不悅，這不是自己這番告白所期待的。他選在昨晚告訴家人、在今天第一個告訴徐佩淇，就是期待從她這邊得到認同。

「那就是先當兵囉。現在當兵聽說都很閒，我想我可以一邊看相關的書什麼的，當完兵再出國去正式唸這類的學校。」

徐佩淇看出阿森的失望。她想到自己剛被告知必須離開，還弄不清楚他們要自己離開的理由，最近她想了很多，從初來乍到時子婕自殺的事件，這大概是自己最自責也最擔心的一件事了，她知道子婕仍未和同一個男生斷了聯繫，也許是這件事讓陳長老和他身邊的人反對自己。

看著眼前的阿森，如果真如他所言，是聽了自己的一番「鼓勵」而有了這次的動機，想必又會引起一陣波瀾。

想起自己慷慨激昂的那個晚上，她其實有點無地自容的感覺：「我有什麼資格鼓勵人家的孩子作人生的決定？我哪裡有足夠的歷練或智慧來引導這些孩子？我哪裡配得他們這樣的信任和倚靠？好了，我現在是真的害到他了！現在這個孩子很顯然是相信我當時是要他為現在的人生做一個重新的整頓；甚至，是以這麼極端的方式。」

「你有想過後果嗎？你真的確定嗎？」

話才出口，她就後悔了。不論阿森的認知和自己所希望傳達的訊息是不是吻合，他今天來所想聽的絕對不會是這樣責備的口吻。

「可是我就快要離開你們了。」她告訴自己，我不能再讓他們任何一個因為我作過的錯誤決定而受害！

「其實我知道不能很確定，」阿森鼓起勇氣，他想起徐姊那天的話，決定不再讓害怕、未知或是旁人的不信任，來改變或影響自己：「但是我也想過，對我來說，繼續在學校混日子下去，也許更沒有確定的感覺，那我為什麼不去做一件我知道自己真的願意而且喜歡的事情？」

徐姊有些無言以對。眼前的阿森似是真變得堅決，「而這就是我所寄望的嗎？但是變堅決真的就對他比較好嗎？」

她甚至不知道自己是持什麼立場，或者應該持什麼立場？自己之前一個勁地「慫恿」到底算是什麼？「為了什麼？我是在幫他，還是無形中跟年輕人一起熱血沸騰地衝動起來？」

如果把焦點轉到自己就要離開的上面，她實在有些自顧不暇，也許教會裡反對自己的那些人得知這件事情後，會更加慶幸沒把她留下來。

「撇開這些，那阿森的人生怎麼辦？我這樣反覆他會相信什麼？要是他真的堅持了某些不很適當的決定怎麼辦？我能負責嗎？他能自己負責嗎？」

這一刻，徐姊不知道她應該顧念自己，還是顧念阿森？而她，又還能顧念這些孩子多久、影響他們多少？

「我是希望你去認真思考自己所要的，但也許不見得要馬上作什麼決定，特別是重大的決定。人生不是你所想像的那樣簡單。你家裡的人或許向來不很重視你的意見和聲音，但大家終究都把你保護得好好的，不是嗎？你必須試著去想自己、了解自己、為自己負責，但在這同時並不代表你不用考慮周遭的人，特別是關心你的人、會被你決定影響的人，像是你的父母、你的家人。」

不知道自己哪來的文思泉湧，拉拉雜雜地說了這麼一大堆，徐姊很明白這並非阿森希望從自己這裡聽到的，更糟的是，這可能會讓他錯亂。

她一心想到自己真的要跟孩子們道別了，態度和情緒都很急躁，好想把所有的話所有的想法同時傾倒出來，來不及考慮眼前獨自一人的阿森能不能負荷或消化。

阿森是真的迷惑了。他以為徐姊會是第一個為自己這個決定感到高興的人，然而她似乎反過來數落自己。

「沒有人會認同的！」以往的那個阿森並沒有完全在一夕之間就被摧毀，他還是潛伏在同一副軀殼裡。

「那，我會再想想。」

轉過頭，阿森悔恨的眼淚源源不絕地落下。

唸大學以來，阿綸一直有一個感覺，好像教會的盛大節日，都會跟期中考或期末考搭配，讓團契在這段時間不得不動起來，一起為一件事情努力，也操煩自己的事。

但他總是最忙的一個，身為團契主席，要打理的事情自然比契友們多，而且他常常是忙完學科的考試，還要趕設計圖；或者更慘，一邊準備考試一邊畫圖。

相較於一些同學以香菸陪伴熬夜的日子，阿綸通常是給自己泡一大杯濃茶，畫到一個段落喝一口、畫到瓶頸也喝一口，而最後一口一定留到完工。

今晚似乎就是安定不下來。他已經連喝好幾口了，但是沒有完成任何一個可以稱得上是段落的東西。

把所有的用具排放整齊，他決定出去透透氣，捧著濃茶走到陽台。

他想起牧師和師母找他去的那一天，他心裡還覺得奇怪，當上主席以後，大概還沒有像這樣被單獨找去過，一直到進牧師辦公室都還在納悶。

牧師和師母也沒遲疑，單刀直入告訴他那個消息：只找他來的原因，是因為他是團契主席，理當首先知會他。

「唔，是要由我轉告大家嗎？這種消息，我怎麼說得出口？」

「徐姊表現很好，不過她有她的計畫，也許神對她有不同的帶領。」

「嗯，長執也都覺得很可惜，不過李哥也說，他一個人暫時不會有問題。」

阿綸看著眼前的牧師和師母，腦海中，來教會到受洗的畫面，像一張張設計圖般，很有結構地依序出現。

上次和牧師師母單獨談話，是他還沒有受洗之前。

曾經，不顧一切地，拼學科和術科考試，如願以償地進入夢想中的景觀設計系，在大家的代禱之下。

儘管當時他欣喜若狂，他想起爸爸如何地大發雷霆，抱怨他學這麼不實際又花錢的東西。

「教會的人那麼鼓勵你、那麼幫你，對不對？喔，那你請他們幫你繳學費吧！看這個忙他們幫不幫啊。」

他不怪爸爸，家裡只是普通的中產階級，爸爸媽媽努力工作他是看在眼裡的。姊姊就很爭氣地考上第一志願的國貿系，從小一路拿各種獎學金，上大學繼續拿書卷獎，自己沒有向姊姊看齊，還執意走上一條投資報酬率未定的路，這麼大了，自己本來就應該負責。

雖然想得好像很懂事，但真要實行還是困難重重的。這種科系的課業繁重，時間綁得很緊，自己又沒什麼大本事，哪有那麼容易。

他把困難帶到團契，請契友們幫他禱告。

「既然上帝帶領我到我夢寐以求的地方，我希望我再苦都要撐完。」

有天，牧師和師母把他叫去，告訴他，教會有人幫他奉獻了兩年的學費。

一直以為他一個非科班的人，考上設計方面的科系已經是奇蹟一樁了，他沒想到還有這麼大的恩典臨到他。

決定受洗，就是在那個時候。

一直猜不到這個好心人的身分，可疑的對象很多，包括牧師，雖然他只把消息帶到團契中，也沒要大家宣揚。

也許這給了他更大的動力堅持下去，雖然他還是會煩惱以後和以後的以後，可是他相信那次真是上帝給他最大的確據，相信不論走到什麼地步，祂都會帶領。

那件事多少也加添他對服事的熱忱。很多時候他看著教會裡的每一張臉，都不免感到可疑——帶著很甜蜜的感覺。

「我可以問一下嗎？牧師？要不要續聘徐姊，是長執會那邊決定的？」

「這個是長執會的職權！」牧師用堅定的口吻說，師母在旁邊有些誇張地點頭如搗蒜：「這個不能亂說的，我們也沒有決定權！」

也算是阿綸預料中的答案，好像親自從牧師和師母口中說出，更能讓人感覺一切都是不爭的事實。

談完徐佩淇的事以後，團契有一次在主日崇拜獻詩，那一天是徐佩淇在當中的最後一次和大家一起唱歌。六月，端午節以前的學期末，空氣中充斥著出不來的悶。

「我願奉獻我一生，因為祢溫暖我的心，我有了祢已別無所求，只求祢使用我……。」

聽著徐佩淇和大家一起唱，他覺得是一種諷刺。那天他掃描坐在台下，牧師、師母、還有長老、執事們的每一張臉，不知道自己該相信什麼。

就像每次遇到瓶頸那樣，他決定停下來，或許喝一口濃茶、或許出去走走，等待靈感的來臨。

原先構想的草圖，暫時是畫不下去了，可是阿綸確定，上帝的計畫仍是「施工中」，從沒有停止；不管是對團契、對教會，或是徐佩淇。

決定幫徐佩淇辦一個餞別會，也許是大家現在可以聚在一起為她做的一件事。

開始盤算整個計畫。然後他想起每個契友的臉，猜想他們會有什麼反應、哪些提議。憂心起最近好像吵架了的穎穎和小莉、高家兩兄弟、還有他上次看到跟前男友一起走在路上的子婕。

被他所有事情弄得煩心，喝了一口手中的濃茶，才想起畫不到一半的設計圖。

在知悉、不解、憤怒、失望之餘，徐佩淇不會留下來已成定局。契友們也欣然接受阿綸的提議，決定幫徐佩淇餞別。地點選在大家常去唱歌的ＫＴＶ。

不再像以前大家都各自前來的情況，穎穎和阿森在最後一起走進來，整個氣氛更加詭譎。

「我已經相信，有些人我永遠不必等……」

愷子正嘶吼著，唱到這句還看了小莉一眼；大家三兩低聲聊天，想假裝沒事，但表情都凝重。

阿綸看著明顯發洩中的愷子，回憶著許多個主日崇拜之後，一起去逛紀伊國屋、打球的好夥伴。

逛書店愷子是友情陪伴的，他頂多流連在賽車或體育雜誌間翻翻而已，主要還是等阿綸逛完建築雜誌或書刊，陪他去打球。

五花八門的進口建築相關書籍總是沈甸甸地厚重又貴重得不得了，阿綸會很有耐心地站在書架前面翻閱自己要看的部分，然後滿足地陪好朋友一起去運動。

忘了是從什麼時候開始，零用錢外加打工家教收入十分豐厚的愷子，會在月底故意挑選一本賽車雜誌，「順便」要阿綸買一本想要的書或雜誌。

「喔，這個月家教媽媽又多給我一點，說學生段考有進步給我加薪啦。」

「那你存起來啊。」

「你知道我沒有存錢習慣的，我一定要把那個月的錢花完。幫我一下吧。」

漸漸阿綸就發現這是愷子表現貼心的慣用伎倆，哪有高中生每個月都要段考的！每次這樣進步不是早就破百了嗎？

「沒辦法啊！給我這個高材生教嘛！」

愷子會自信地打哈哈，看起來就像是永遠不會錯過自我吹噓機會的好朋友。

「算我謝謝你每個禮拜陪我遊街打球囉！不像我弟，肉腳一個！而且啊，我爸都說，我只會花錢做無聊事，你買這種這麼有氣質的書，我爸知道我把錢花在這一定會很欣慰啦。」

愷子總是知道如何自圓其說，讓阿綸用他的錢用得沒那麼不舒服。

偶而愷子也會糗他不夠時髦、不夠有型，然後順便抓幾本時尚雜誌塞到他袋子裡。

「枉費你常跟我這個型男混耶。多學學！」

阿綸看著眼前的愷子，仍然一樣有型，但他知道這些打扮不足以彌補自負的他心底所缺乏的，這也不是自己所要的。

「你跟陳子婕說要幫她蓋一棟房子？」

阿綸想起那次，愷子確認完後笑到肚子痛、直不起腰來的那次。

「欸，兄弟，你要想想，人家大美女陳子婕的行情有多好，你這樣說人家有多錯愕？你覺得子婕會喜歡這個嗎？不行啦不行啦。」

難怪子婕那天聽完這句話，露出的微笑有點怪異。

「跟我多學學，好嗎？你想子婕那種女生，有多少人排隊等著說喜歡她、說她美、說她吸引人？女生呢，喜歡你稱讚她、說話逗她，讓她覺得跟你在一起，可以撒撒嬌、很快樂很開心，不是作一些保證或什麼的，現在這年頭，沒人相信這種東西了唷。」

那時候愷子拉拉雜雜地說了一大堆，阿綸回想子婕怪異的微笑，一度有點被說服了。也許真是像愷子說的那樣，自己真的不夠懂女生。

他看眼前的愷子，那種做什麼都自有主見的樣子，現在幾近狂吼地唱歌來掩飾對事情的無奈。也許自信如他，還是有不知所措的時候；更悲哀的，或許是他還不知道怎麼表達他的無助，只能失控地憤怒、發洩。

KTV的空間和氛圍很難讓人真的有什麼交談的機會，就像阿綸之前預期的那樣，但他並沒有跳出來反對這個提案，他知道大家決定辦餞別會其實也各有目的，團契近來的氣氛都頗僵，誰和誰之間有些摩擦衝突，阿綸大致上也從子婕那裡聽說、或從旁觀察得來，可是他認為徐佩淇就要離開了，就算尷尬也必須把大家聚在一起；他有些心存僥倖地猜想徐佩淇也許不知道契友們之間的這些問題，選在這樣嘈雜的地方聚聚，可以避開隨時可能僵掉的氣氛，也可以防止徐佩淇發現。

「她有別的事情要煩，現在不可以再讓她看到新的問題。」阿綸自以為貼心地這樣想著。

好像一切問題都在這一刻聚積到臨界點：這讓每個人都害怕安靜面對面的場景。於是就這樣聚集在一起，用噪音和昏暗的燈光安全地把每個人隔開。

看得出徐佩淇和自己一樣不太習慣這裡的氣氛，其他契友們或許唱得起勁，阿綸只覺得也許那是一種綜合的發洩：對團契的事情和各自的事情。

「我還要趕客運，那我先走囉。謝謝你們為我辦這個聚會。」

徐佩淇感覺得到空氣裡的不安，她還是知道孩子們的用心，以及各自的傷心，也不知道還能做什麼。

「我陪妳去坐車吧。」

阿綸站起身。

然後就平平靜靜地道別，沒有人作出客套的挽留或多餘的不捨。

兩個人離開眾人的喧囂，投入另一陣屬於台北街頭的喧嘩。

無關緊要地關心徐佩淇的媽媽什麼的，阿綸知道這是短期內最後的相處，但他想裝得像平常、就好像徐佩淇在每個週日下午坐上客運，然後等待下次團契聚會的再見。

「徐姊，這個給妳。」

車到站，阿綸才拿出大家一起做的卡片。

「謝謝，我走囉。」

「嗯，掰掰。」

他看著徐佩淇上車的背影，還有她假裝整理巨大包包、避免和他再次有眼神交會的樣子，等車子離站。抬頭看看孟夏的天空，很清澈、很安靜。

Chapter5

應許

我是基督徒，

我不是聖人。

夜裡，阿綸站在這棟建築物前，專注地畫著，沒注意到身後五十公尺處，人群中，李哥發現了自己，臉上堆滿鬆一口氣的神情。

「……」

李哥朝阿綸走了過來，正要開口喚他，看他一會兒抬頭、一會兒低頭，好像在忙著什麼事，就默默走到他後面，靜靜守著。

阿綸畫得出神，十二月的深冬，而他只穿了件薄夾克，卻渾然不覺得冷。李哥看看他，看看自己，順手脫下身上的大衣，想給他披上。

正要往前，他注意到阿綸正在素描眼前的那棟建築，好像畫得差不多了，於是決定作罷，等到他畫完。

兩個人就這麼，靜靜地一前一後站著。

眼看阿綸終於完工，李哥正想有所動作，阿綸仍舊站在原地，動也不動。

李哥看看時間，雖然很晚了，但不知為什麼他還是決定再給阿綸一點時間。轉過身李哥拿起手機，打電話給太太報平安。

「呃，是我，嗯，找到了，現在在我旁邊……」

「李哥？」

李哥轉過去。有些尷尬地對阿綸咧嘴一笑。

「好，回去再跟妳說。」

李哥掛上電話。

「你老爸打電話到我家，說你還沒有回家，他問我可不可以去找你。」

「你怎麼知道我在這裡？」

「你這樣很不乖喔，聚會結束不回家，跑去遊蕩……」

「我爸他，有說什麼嗎？」

「我看啊，要給你記缺點一次……，唔，不夠，再蓋一個壞寶寶章好了。」

「鈺蓁姊沒去找我吧？那恩如怎麼辦？」

李哥嘆口氣，笑著對阿綸搖搖頭，示意這個問題的答案。阿綸總是很讓他心疼，不論發生什麼，似乎總是先顧慮別人。

「很冷耶，同學，」李哥為阿綸披上大衣：「想變成急凍人嗎？」

「李哥……」

阿綸忍不住叫了他一聲，卻發現自己接不下去。

「很晚了呢，你坐公車來的吧，末班車一定開走了，來吧，我載你。」

車子裡放著暖氣和福音歌曲，沒有人開口。

阿綸伸出手，按鈕停掉音響。

「我畫完了，今天剛好畫完。」

「……」

「那棟，是我從小到大，目前為止，最喜歡的一棟房子。」

「……」

「我畫了五個月，斷斷續續，想到、有時間，就一個人坐車來畫，從我爺爺過世那天開始。」

紅燈，李哥停車，轉臉過來望著他。阿綸望著前方，一個字一個字，緩緩地、平靜地說出來。

「那天是凌晨，我大伯打電話來，說爺爺病危了。我們趕計程車過去，我還記得很熱，暑假嘛，七月的時候，還那麼剛好坐到沒冷氣的車子，醫院也是，我覺得好熱，不過總覺得應該不是沒開冷氣，而是因為人太多的關係吧。真的，怪恐怖的，我從來沒有看過，醫院急診室裡，怎麼可以擠得下那麼多人啊！醫生、護士、還有我們家各式各樣的親戚。我爺爺身上，插了很多管子，有洞的地方、沒有洞的地方……」

阿綸說到這裡，聲音像消失般地自然地停頓了，整個人彷彿陷入什麼東西似地發楞著。

「你爺爺……是你第一次參加喪禮？」

阿綸點點頭，頓時李哥有些內疚。阿綸給人的感覺一向是堅強又成熟的，加上徐佩淇離開後，他自己一個人帶團契的步調忽然變得有點亂，明知道阿綸遭逢爺爺的過世，卻一直沒有找他談。

「我媽跟我姊都急得哭了起來，其實，說真的，我也蠻想哭的，我跟我爺爺並不親，我想，我是害怕。」

李哥有點不敢直視阿綸，總覺得歉意又再加深了一點，不只對眼前的阿綸，甚至是其他契友。回想之前自己帶他們的日子，那些耍寶、玩樂的場合，他其實還算得上有幾分自豪，好像很輕易就可以帶動氣氛；可是每一次他們悲傷、跌倒，他就一點輒都沒有了。

一直以來李哥自己是很清楚這一點的，卻反而總是更小心地想去掩飾，深怕他們看透他的這一個弱點。徐佩淇來與他配搭的日子裡，這個工作似乎很自然地就轉移到她身上，然而她離開了，每個孩子的傷卻是越來越多，自己好像也沒有從徐佩淇身上學到什麼一招半式，只是更加手足無措。

「我爺爺已經八十七歲了，我的年紀乘以二點五倍都不只！二十三年，活二十三年而已，我都已經覺得好累好累喔！可是他卻活了八十七年……」

「阿綸……」

「嘻，」阿綸勉強擠出一絲笑容：「我不是要輕生啦，別擔心！我這樣說只是因為我真的覺得好佩服我爺爺；而且，我爺爺是個一絲不苟的人，他是很努力、很認真地，八十七年喔。

「期中考完，我抽了一天去陪我奶奶。我們一向過年過節，都會回去看他們的，可是這樣每年每年看，說真的我一點感覺都沒有，那天我陪我奶奶，突然發現，她真的變得好老好老。

「那是我第一次一個人單獨和她相處。以前有其他家人在旁邊，我都沒發現，其實我根本不會和她獨處。我很想多了解她，我也以為我可以的，就像瞭解我的朋友們那樣；直到真的和她面對面我才知道。這也許就是所謂的代溝吧，他們那一輩的人，不是像我們這樣表達的。

「以前爺爺還在的時候，他們兩個人總是在我們面前嫌棄彼此。不是那種鬥嘴般的打情罵俏喔，是很認真的、好像很厭惡對方的那種。當時我都會私下跟我姊抱怨，他們倆個幹嘛不分開算了！可是我姊姊都會罵我說，叫我不可以這樣說！

「我搞不懂，為什麼會被罵。我覺得我說得很有道理啊。

「這次回去陪我奶奶，我覺得，我好像明白了。當我奶奶仍然試圖用衰老了很多的噪音抱怨著，爺爺總是不按時吃藥，自己的身體自己都不會照顧……」

車停住，在阿綸家的巷口。深夜的住宅區，各家的燈火早已熄滅。李哥把車窗打開，關上引擎，兩人就這樣，靜靜地，吹著冬夜的寒風。

「你爸，他今天打到我家的時候，語氣很溫和。」

阿綸不解地看著李哥，對他的話有些狐疑。

「我總覺得，你跟你爸之間，不只單純是因為他不喜歡你來教會，對不對？」

阿綸低下頭，他多麼希望把哽在喉嚨裡的話一下子傾洩出來。

「後來，徐姊有跟我提過，說你想去留學的事……啊，你不會介意吧？」

「上帝是很會選時間的，對吧，李哥？」

阿綸突然轉過頭來看著李哥，臉上還掛著兩行眼淚；李哥一時不知所措，卻本能地抱住了他。

「我爸爸上學期末，突然跟我們說，他決定要退休，一半的退休金要拿去和我媽一起做生意，一半要給我去留學，我還以為上帝真的垂聽我的禱告了……」

阿綸激烈地哭起來，話都要說不清楚了：「結果暑假一開始，就發生這件事，他就說，他要把錢給奶奶養老……」

李哥拍拍他的背，什麼也說不出來。阿綸不再說話，任由眼淚不停地留著。好一會兒他止住哭泣，坐直起來，盯著手中的素描本。

「我很生氣，大家更生氣，都說我自私、只想到自己；我真的不是故意的，我總還有無奈的權利吧……，我並不是不在乎我奶奶啊，我去陪她的時候，看到她變得好憔悴，我心裡面也很心疼啊。」

他擦擦眼淚，整理一下情緒，深呼吸一口氣。

「我已經決定了。」

「阿綸……」

「是上帝要我這樣做的吧？因為，沒有祂的容許，沒有一件事會發生，不是嗎？」

「你能瞭解……」

「但是我還是會生氣，還是不甘心，」他打開車門，下了車：「李哥，謝謝你送我回來。」

「不客氣。」

李哥看著阿綸，滿腹的擔心。

「或許我也該聽我爸的話，暫時，別去教會了……」

阿綸邊走向家門，一邊夢囈似地丟下這句話。

李哥並沒有攔他，儘管他對阿綸留下的這話很不確定，可是確認了又有什麼意義，他知道自己根本沒有辦法勸阿綸什麼；他所認識的陶義綸有無比堅定的決心，就像他當初不顧家裡的強烈反對，每個週末按時到教會報到一樣，前前後後持續了八年。

於是他只是靜靜地看著阿綸進家門的背影，又在原地停了十分鐘才離開。

第二天的獻詩，阿綸並沒有出現。

「八成睡過頭吧。」

穎穎有些抱怨的語氣。子婕看看李哥，隱約讀出他臉上擔憂的神情，他們都知道阿綸從未在獻詩的日子睡過頭。

子婕突然有一種想法，好像人在情緒的一個最低點就靈光一現那樣，她幾乎等不急回家去做那件事情。

「他不在耶，可能會晚一點喔。」

子婕失望地掛上電話；阿綸的姊姊帶來她意料之外的消息。阿綸不在家，他向來是個心情不好就會把自己關在家裡不出門的人，他總是不讓人看到自己尚未調適好的樣子。那麼他會在哪裡呢？

她想起那天和阿綸一起站在那棟他最喜歡的建築物前的震撼，忽然驚覺自己知道阿綸在哪裡了。

「也許我應該立刻親自去找他！」她想著。

時間已經不早，現在說要出門確實會很突兀，她沒把握爸媽會答應，而且阿綸的個性她是清楚的，在這個節骨眼上不見得自己的出現就會讓阿綸想開。

子婕坐到鋼琴椅上，兩手靠著琴蓋托著頭思考了一陣子，想通了，她堅定地掀開琴蓋，按下熟悉的電話號碼。

阿綸目不轉睛，失魂落魄，眼前這棟建築物的輪廓他再清楚不過，這樣緊盯著也許只是想打發時間，好讓自己整理一下昨天和李哥的對話。

他以為說出來就會讓自己好過、讓自己真正死心，現在他知道自己錯了，他還沒有準備好放棄那個夢，也許，他永遠都不會準備好！

包包裡的手機又發出響聲，這次他決定接起來，也許這通電話會帶來的是什麼轉機，不管是實質上或心情上的，或許都是點幫助，他這樣告訴自己。

「是我。」

「嗯。」

熟悉而想念的聲音，但是在這樣的心境上，阿綸卻突然害怕起來。

「你今天早上沒有來？」

「嗯。」

隔著電話，他擠出靦腆的笑，仍然搭不上腔。

一陣沈默，也許子婕也發現自己的不擅言詞，索性讓這一刻陷入安靜中。

「我想，我不知道，我好像，說錯話了。」

對方沒有回答。

「不過，我不是打來跟你說話的，你等一下喔。」

阿綸聽到電話被輕放的聲音，很快地，電話那頭傳來「在主面前替你祈禱」的鋼琴聲。

沒有人可以確定音樂持續了多久，也沒有人說話，阿綸知道子婕放下電話專心地在彈琴，聽著琴聲他無聲地痛哭起來。

音樂聲結束，阿綸的眼淚卻還沒有止息。

「不管有什麼事情什麼困難，帶到神面前，好嗎？像你那時候跟我說的一樣。大家都很關心你，我很關心你，我們可以陪你，不管現在、當下，不管神幫你解決了沒有。」

子婕想起最近的自己，這些話，儘管說得十分心虛、生澀，但是她告訴自己，阿綸需要一些安慰。

想起前幾天才和愷子一起在路上看到子婕和那個男的，阿綸對子婕和自己，還有上帝，都沒了信心；他不知道現在的子婕，出於什麼而這麼說、這麼做。

「那麼，妳的問題呢？神解決了嗎？」

沒料到阿綸會回應自己，子婕先是愣了一下；更出乎她意料的，阿綸用她自己的問題回應她。

「妳知道我喜歡妳，但現在我也好累了！為我自己的問題和上帝，還有妳，好累！」

子婕只是聽著，安靜不說話。

「我想，我希望妳也面對妳的問題，是真的去處理，好嗎？我也會，我想我也必須面對我的，就各自這樣吧。我累了，我想，我真的暫時不會去教會了。」

子婕聽到自己最不想聽到的話，從阿綸口中說出來；她明白這一切都已經到了極限，以前自己做出再怎麼任性的行為，阿綸都不曾對自己說過重話。

黎明，小莉驚覺漆黑的天色突然有了亮光，她看看時鐘，五點整；使勁按摩因為沒睡加上整晚痛哭的雙眼，她知道腫脹是暫時不會消退了，至少這個早上都不會。

她看看窗外，今天似乎會是一個大晴天。她有點想推辭今天的腳踏車聚會，雖然想找人聊聊，可是她實在不確定今天在場的人是不是都可以聊這個話題；眼睛腫成這樣，被關心是一定的，而她不想說謊。

回到床上繼續呆坐，她想起昨天那一幕，阿森說的那些話還有自己持續的錯愕。每一次他們兩個人道別都要花上一點時間，只有昨天，小莉已經不記得是怎麼收場的。只有深刻的難堪在心裡揮之不去，一直到現在。

隨便套了T恤和牛仔褲，看看桌上、那份曾經夢寐以求的錄取通知書，自己告訴自己：「就這樣吧，這樣也許會更有決心。」她流著眼淚，靜靜走下樓。

騎上腳踏車，清晨的微風讓她比較有清醒的感覺，但這也許不是什麼好事，因為這樣，所有的悲傷也會更清晰。

依約到達全家角，另外兩個人還沒出現。她停下腳踏車，盯著地板繞來繞去，選定一個位置，抬起頭，看著前面、左邊，正九十度角。

「一間全家、兩間全家，全家就是你家！」

在這個大家無意間發現的角落，從這個路口望去，正好可以在前面和左邊九十度各看到一間全家便利商店。於是這裡就變成團契以後出去玩的集合地點，而且一定要用大家才懂的行話「全家角」說。

光是站在這個位置這樣看，很多的回憶就會湧上來，也只有一個人，在清晨靜靜站在這裡，才可以專心地想。

「羅小莉，真早啊。」

子婕從後面喊她，看她沒反應，繞到前面，這才看見她哭紅的雙眼。

「怎麼了？」

小莉看到她，勉強擠出微笑，卻突然哭得更厲害了。

「欸，別告訴我，我今天是最後一名！」

穎穎快速騎著腳踏車過來，靠近才發現氣氛不對。

「怎麼啦？」她拍拍小莉，想緩和一下：「陳子婕，該不會是妳把她弄哭的吧？」

「妳亂說什麼啦！」

「好好好，小莉，怎麼啦？說出來我幫妳主持公道。」

小莉只是哭，什麼都沒有說，也許是看到好朋友，心裡更有一種酸酸的感覺。

「我一來她就站在這裡呆呆的，然後好像看到我就哭了。」

「這樣啊？」穎穎看看四周，想逗小莉：「喔，妳是不是想到我們本來騎車是想要減肥，結果都沒成功，還一直吃早餐所以哭的？沒關係啦，健康最重要啊。」

不只小莉，連子婕都被她的話逗笑了。

「何穎穎，妳怎麼可以這麼腦殘！」

穎穎賊賊地笑起來：「笑了吧！怎麼樣？要先聊聊還是先吹吹風？」

小莉想了想，也許沒幾次機會可以一起騎車兜風了。

騎上各自的腳踏車，她們堅持小莉騎最前面，怕沒看好她會出事。

這大概是腳踏車聚會最安靜的一次了，三個人什麼話都沒有說，無聲享受這個早晨。

循著小莉的背影看過去，穎穎想起初次在高中遇到這個女孩、成為她的朋友、跟她來到教會的點滴；對於這個好朋友，不可諱言，穎穎一直有一種複雜的感受。她的優秀和善良吸引著她，也同時讓她感到自卑。小莉為了出國捨不得大家而難過，穎穎的同情和不捨並不亞於她；可是她知道她必須掩藏自己的忌妒，埋在心裡誰也不能說。

「也許她是真的很傷心吧！」穎穎心裡想，即便是一向最樂觀的小莉，到一個陌生的地方還是會有害怕的感覺吧。

站起來用力踩踏幾下，穎穎超前小莉，溫柔地對她說：「休息吧，該吃早餐囉。」

穎穎這樣的態度，讓小莉有一種溫暖和平安的感覺，決定說出來，她有信心穎穎絕對不會怪自己的。

「剛上大一的時候，全班同學都對我小莉小莉地叫，這沒什麼稀奇的，好像我在每一個地方，大家都很順口地這樣叫我。有一陣子，一個跟我很好的男生突然叫大家叫他小寶，一個和他名字或本人毫不相干的外號，沒有人問為什麼，就順著他的意跟著叫啊的，久而久之他就真的變成小寶了。後來我按捺不住，問他，他傳了幾張圖給我，他說以前有過一個很紅的卡通，叫做『小寶歷險記』，裡面的主人翁叫做小寶，而小寶有一個青梅竹馬的女朋友就叫做小莉。卡通的劇情就是他們和一些人一起去冒險，途中有一些危險，小莉很老套地陷入一些危險，所幸小寶和同伴們一一化險為夷，救回了小莉。我知道他的用心，不過我真的比較喜歡當他的朋友。我告訴他，我是小莉，不過我覺得他不是我的小寶，畢竟小寶這個綽號和他這個人的一切都有點不相干，這樣顯得有點刻意。他很有風度，慢慢開始要大家不要喊他小寶，繼續當我的好朋友。不過他叮嚀我，要努力尋找我的小寶……，我是小莉，你是小寶嗎？」

子婕和穎穎看完小莉這封長長的手機簡訊，訊息狀態是已寄出，收件人就是阿森，發送時間是昨天晚上。

穎穎看了小莉一眼，發覺她堅定的神情，確定自己沒有看錯，就低下頭，撥弄盤子裡的炒蛋。

子婕察覺穎穎的不悅，也不鼓勵小莉繼續說下去。

小莉開始掉眼淚，而對面的兩個人都知道，事件的結局是不完美的；子婕有些不可置信，而穎穎彷彿鬆了一口氣，但還是繼續撥弄盤子裡的炒蛋，只是把叉子摩擦盤子的音量放小。

「我申請到交換學生了，我應該，明年就會出去。」

穎穎措手不及，不知該做什麼而迅速吃了一口蛋，樣子有點心虛。

「也許很自私吧，我想著我要出去了，也許我就是很自私的，想要某種確定的感覺。」

「是很自私啊！」穎穎心想，繼續扒著盤裡的蛋。

「妳們想，為什麼？有些時候，為什麼？會是那種感覺？對我，他是什麼意思呢？」

「妳才什麼意思呢？」

穎穎小聲咕噥地說著，再也按捺不住，留下盤子裡還沒吃光的食物，對著子婕、彷彿小莉不存在一樣。

「我吃不下了，先走了。」

小莉隱約知道自己又做錯事情了，但是懊悔也來不及，事實上她現在最不欠缺的就是懊悔。所有的懊悔——對阿森、對穎穎、對自己，也對眼前必須收拾殘局的子婕。

子婕什麼話都沒說，她相信小莉已經在心裡重重責備自己；卻又覺得心疼，畢竟誰也不願意是這般場面。

穎穎跑出咖啡店，繼續跑到停腳踏車的位置，雖然早餐沒有吃完，生氣的體力卻還是足夠的。

一個禮拜之後的週末早晨，這天的腳踏車聚會，子婕「意外地」缺席。

「欸，穎穎，我在想啊……」

小莉的眼珠轉啊轉地，假裝把玩著手中的髮圈；穎穎知道她這樣子的意思，顧左右而言他，其實是有很要緊的事要說，小莉絕對有什麼要單獨跟自己說，而且她十之八九已經猜得到是什麼事，但她想讓小莉先開口。

「那個，阿森他，後來，有跟妳說什麼嗎？」

「嗯？說什麼？」

終於還是來了，讓她們兩人都害怕也都期待的話題。

「我覺得……妳有……」

「我跟阿森說了。」

穎穎突然迸出這一句，不只是小莉，她自己也嚇了一大跳。

「說？說什麼？」

「我跟他說我喜歡他了。」

小莉的表情變得有點僵，還是讓自己強作鎮定。

「那他怎麼說？」

「他說讓他考慮一下，」穎穎轉過頭對小莉笑著說：「不過我還真是鬆了一口氣呢，至少考慮就是有點希望囉。本來我還想他大概會一口就回絕我吧，想不到還說可以考慮一下，嘿，阿森就是阿森，果然是個很善良的人。」

「他說……要考慮一下……還是，『可以』考慮一下？」

的確是很莫名其妙的問題，小莉對自己接出這麼牛頭不對馬嘴的話也感到很尷尬，但是說出的話畢竟是收不回來了。

「妳什麼意思？」

不出所料，穎穎果然有些被激怒了。

「我是說，」小莉還有想打圓場的期待：「我是說，這樣，不錯啊……我是說，阿森有說要考慮一下……」

「妳是說，」穎穎不耐煩地打斷她：「妳是要說，我配不上他對不對？」

「沒有啊……」

小莉想要解釋，意識到氣氛變得很糟，情況快要失去控制。

「不然妳什麼意思？幹嘛那種表情？」

「沒有啊，」小莉努力擠出一絲笑容：「妳一定很高興吧？」

「那妳一定很不高興吧？」穎穎酸酸地說：「不要以為我看不出來好不好？那種反應！妳真的以為我有那麼笨嗎？」

「穎穎，不是這樣的。」

小莉確實是失望的，但是這時候她只希望氣氛不要鬧僵，企圖說出一些討好的話。

「妳可不可以不要這樣？這種時候了妳還是想當好人、想當聖人？」她別過頭不想面對小莉。想要對這個被公認善良可愛的好朋友說一些刻薄話，終究是很困難的，所以她讓小莉消失在視線範圍內，也許這樣會比較容易說出口：「阿森這樣反應讓妳很失望吧？妳沒有想到他也會把我這種人納入考慮吧？我這個舉動也讓妳很不舒服吧？」

「不會的，沒有啊。」

「那妳為什麼不為我高興？這對我來說是好事啊，不是嗎？妳是我好朋友，為什麼不為我高興？」

「我只是覺得，你們可能不合適……不過如果妳覺得好，我一定會替妳高興的！」

「不合適？那怎樣才合適？妳嗎？妳想說妳跟阿森比較合適對不對？妳是說我配不上人家對不對？」

「不是啊，跟我沒有關係啊。」

小莉著急得快要哭出來，還是想要解釋。

「為什麼合不合適要妳來替我們判斷啊？為什麼妳老是這麼不誠實？為什麼妳都不敢說真話？妳明明就喜歡阿森對不對？」

穎穎這樣直接挑明著說，小莉像觸電似地猛然驚醒。

腦子裡一片混亂，的確，最近的事情是讓她覺得「怪怪的」，穎穎今天說的這些話也讓她「有些不舒服」，也許自己是「在意著」阿森的，而那究竟是不是喜歡，她自己也不確定；當時自己沒有接受阿森的表白，過了那麼久，現在那到底變成了什麼感覺呢？

「妳就是這樣，老是這麼假惺惺！不過妳這樣好像比較吃香嘛，大家都覺得妳很nice啊，脾氣很好很溫柔，人又聰明又漂亮；像我，對啊，我直率，我真，結果呢，我把我自己掏心掏肺地跟朋友相處，結果朋友對我的是什麼？

「起碼我敢說出來，我把自己的真心話說出來，妳敢這樣嗎？我知道女追男隔層紗，大家都知道阿森明明就是喜歡我最好的朋友，而且還是比我好一千倍的可愛女生，可是我有勇氣去試試看，如果是妳，妳敢嗎？

「而且，妳有沒有想過自己有多自私？妳想要占盡所有的好是不是？妳就要出國了，那不是妳一直以來的夢想嗎？妳有沒有考慮過阿森的感覺？妳大一的時候不是拒絕過阿森嗎？那時候大家起鬨的時候，記得嗎？妳說妳不會跟團契裡的男生在一起，不是嗎？現在妳要出國啦，怎麼就想法變啦？為什麼剛好是這個時間點？」

「我沒有拒絕他啊，我只是……沒有接受……那是大家起鬨，我一時……」

穎穎更是火大：「沒有接受跟拒絕有什麼分別啊？妳不要這樣好不好？我早就喜歡他了，妳知道嗎？只是我知道你們認識的時間比我長，我一直壓抑不說，那時候妳那樣說，記得嗎？從那之後，我就漸漸表露對他有好感。好啦，妳『沒有接受』他，現在出現別的競爭者了，所以他行情提高了，妳要收回去了是不是？他是妳一個人的嗎？別人不能碰嗎？妳憑什麼認為妳可以綁住他啊？揮之即來呼之則去！他並不屬於妳啊！既然妳沒有接受他，妳就沒有資格限制他的發展吧！」

「我不是覺得他屬於誰，我只是覺得，應該讓他自己作選擇。」

「哦，妳又來了，又要作好人了，說得好像妳很明理似的！妳會說出什麼讓他自己選，是因為妳認為他一定會選妳對不對？妳覺得反正我比不上妳，所以妳有這個自信，對不對？」

「不是的，穎穎，妳不是，也有阿全嗎……」

「我們分手啦！」小莉提起穎穎的舊傷口，更令她生氣：「妳現在拿這個來壓我幹嘛？妳明知道這個人讓我很不快樂，妳還敢跟我提他？那天我說分手很難過的那天，大家不是還說是他不好嗎？怎麼？我就只配得上那種人對不對？他是一個錯誤！我現在什麼都沒有啦！妳呢？妳要去追求妳的夢想啦！還不夠啦，還想在這邊找個墊背的啊？」

穎穎最後這句幾乎是吼出來的，教會裡空盪盪的還產生了一點回音；兩個人從高中時代認識到現在，從來沒有彼此有過言語上的衝突，也許是雙方都有一些積壓，好不容易碰上了導火線，終於有了慘烈的爆發。

「羅韶莉，有時候妳那樣真的很討人厭妳知道嗎？」穎穎面對著最好的朋友輕聲說出這一句話，不過馬上又別過頭去，聲音雖小但殺傷力很大。

「妳老是嘴巴上不說，講出來的話和做出來的事都好像很溫溫和和的，可是妳心裡想的是什麼？妳覺得妳應該得到一切，對不對？徐姊和李哥，大家都說妳對上帝很有信心。廢話！什麼好處都落在妳身上，誰還應該比妳更有信心？所以妳就更覺得什麼好處都應該屬於妳，什麼好事發生在妳身上都是理所當然的對不對？妳有沒有想過我們旁邊的人的感覺？妳有沒有想過我的感覺？妳知不知道我把妳當成最好的朋友，可是我說的一些話、一些傷心的事、那些我沒有而妳卻有的，我都覺得妳不能了解，妳知道那種感覺嗎？」

「我並不是都沒有努力過啊，」小莉覺得有必要替自己辯解一下：「這些事情並不是真的像妳想的一樣都是平白無故從天上掉下來的；如果別人這樣想我也就算了，可是妳是我好朋友啊，為什麼連妳也這樣想？」

「就是因為我是很親近的人，我更是深深感受到妳的得天獨厚！妳還是沒有發覺對不對？有些事、有些人，就算非常非常努力也不會像妳一樣那麼好運的！」

小莉難過得流下眼淚；穎穎見狀才不再說下去。好一陣子，彼此陷入一種詭譎的沉默。

「適合？哼！」平常朋友哭泣都回跟著一起難過的穎穎，現在卻很悶，她自己也很想哭，可是氣到流不出眼淚，反而忌妒起小莉，連哭這一點都贏了自己：「搞不好我們也不適合當朋友吧。根本是兩個世界的人啊！」

留下哭泣且錯愕的小莉，穎穎頭也不回地走出教會。

還來不及思考自己為什麼會搞砸這一切，小莉想著剛拿到的入學許可還靜靜地躺在書桌抽屜裡面，也許這才是她本來想要告訴穎穎的事情，不過現在一切都太遲了。

主日崇拜之後，會友總是以驚人的速度自動散場，禮拜天下午的會堂最為安靜，早晨禮拜的熱鬧彷彿從未發生過一般。

小莉決定留下來靜一靜。

「小莉，妳怎麼在這？」

「我在想事情。」

子婕走到她身邊坐下。

「在想什麼？」

「好多，快樂的事情。」

小莉微笑著，子婕看著她，知道情況不是這麼單純。

「那，妳想到哪一件事？可以告訴我嗎？」

「我不知道，」小莉仍然微笑著：「我想我們一起在這裡聚會、在這裡唱歌、在這裡聊天、在這裡做好多事，可是是哪一次聚會、哪一首歌、說哪一些話、做什麼事，不知道為什麼，都想不起來，只是一直覺得，好快樂好快樂。」

跟著小莉的話，子婕也一起掉入回憶的漩渦。

「那，我來幫妳一起想，好嗎？」子婕抓起包包上的吊飾：「這個小收音機，記得嗎？寒假同工營的時候，李哥送的。」

「嗯，對，是要把詩歌都唱出來才有的。」

「可是好像大家都得到了，對吧？」

「對啊，我也有。妳都隨身帶著？」

「嗯，放在包包上，每次我叫別人猜這是什麼，都沒人猜得到。」

「太特別了。」

小莉隨手把玩起來，這是一台FM迷你收音機，大小大概只有半個手機而已，是李哥從新加坡買來，送給契友的。

「記不記得，我那天是自告奮勇第一個唱的？」

「對啊，」小莉想著想著笑了起來：「我心想真稀奇，陳子婕不是一向最被動的嗎？竟然搞自願。是為了獎品嗎？」

「那天晚上，其實我早就快睡著了，瘋了一整天耶，我平常那麼少運動的人，我想說，橫豎都要唱，還不如先唱好了。」

「那後來其他人唱的時候，妳該不會偷睡覺吧？」

「答對了！就偷打瞌睡啦。」

「喂，虧李哥那天還誇妳哩，我心裡也小佩服一下喔。想不到妳……」

「嘿，不好意思。那是我們第一次在教會過夜，對不對？」

「好像是耶，以前辦同工營都是出去外面。」

「不過，還蠻難睡的，椅子超硬，天氣又超冷。」

「但很新鮮啊，大家一起窩在這裡。」

「嗯。」

「本來，不是還約好，要趁李哥睡著以後，一起去門外看星星？」

「對對對。」

「結果，拜託，我們自己睡得亂七八糟，還是被李哥挖起來去看日出的。」

「對啊，老實說我那時候還是很愛睏。」

「好有趣，那一次。」

「嗯。」

「復活節，也很棒。」

「好忙，那天。」

「妳彈的好棒，子婕。」

「妳的獨唱也很讚啊。」

「沒想到，那麼難的曲子，我們也練得起來啊。」

「對啊，沒想到。」

「有點不可思議。」

「對啊，在這裡，其實，我們完成了很多看起來不太可能的事。」

很有默契地，兩人陷入沉默。

是啊，子婕想起自己，曾經，以為那傷心要將自己擊垮了，事過境遷，她畢竟又重新開始了；以為失了根，其實她還有這些好朋友，然後他們又一起做了這麼多，度過了這麼多。

「小莉，謝謝妳們……」

「為什麼，會變成這樣？」

小莉突然眼光泛滿淚水，子婕坐在一旁，錯愕卻說不出話來。

子婕看著這個一向樂觀的好姊妹，想要安慰她，卻找不到字眼。她突然覺得很奇怪，那個老是在自己身邊鼓勵自己的小莉，現在卻那麼地脆弱。

面對小莉的這個問題，子婕知道自己無力回答，她自己也想知道。

「現在連徐姊也要走了……」

小莉哭了起來，子婕除了拍拍她、安撫她，什麼也不能做，什麼也說不出口。

「我不想走了，我不想去了，我不要去了，我不想離開，我還沒有準備好……」

「小莉，妳說什麼傻話，妳不是期待很久了嗎？」

「我……我是沒有錯啊，可是，其實我……其實我是想說，先申請了，如果不要，也可以放棄啊。那時候，我跟穎穎，還有阿森，大家發生那種事，我想逃避他們，離開這一切。」

「小莉……」

子婕有些驚訝地接不下去，想當交換學生，是小莉從大一就夢想著的。

「本來我是很想的，妳也知道。可是徐姊來了之後，也或許，不只是因為她這麼單純的原因，這一年，我改變了很多，到底最重要的是什麼，而我要的又是什麼。我想了很多，就猶豫了。」

「小莉，妳可能只是因為發生一些事情，所以就懷疑，可是妳不應該輕言放棄啊，多少人想要，還沒有這種機會呢。」

「怎麼連妳都這樣說，」小莉淚眼汪汪地看著子婕：「我告訴我爸媽，說我不要去了的時候，他們也是這樣說的……我還以為，妳會懂的。」

「妳告訴妳爸媽了？他們怎麼說？」

「當然是不行，」小莉搖搖頭：「我爸非常生氣，我媽要我別再說這種傻話，惹我爸生氣。」

「小莉，我知道這一年來，是有很多很多的轉變，至少，在我們一起經歷的部分：可是從小我們一起長大，這個夢想在妳心裡的時間一定比這一年長很多吧，我不是反對妳有了新的決定，只是身為旁觀者，我不希望妳因為一些干擾因素，就影響到自己一時的判斷，也許妳會後悔一輩子的。」

「妳知道我一向不是衝動的人。」

「我知道，」子婕拍拍她：「我知道現在對妳來說是很難、很不好的一段時間，我知道妳現在這樣，如果還必須一個人單獨去面對全新的環境，會特別辛苦，可是說不定熬過某一段時間之後，妳再回頭看，就會慶幸自己還是堅強地作了這個決定啊。」

「那如果我現在決定放棄，就是很軟弱嗎？」

「不是的，我不是這個意思。我只是覺得，妳想了這麼久一段時間，輕易就放手，是很可惜的，我覺得妳爸媽一定也是這麼想的。」

「妳想，上帝也是這麼想嗎？」

「我不知道。」

子婕知道小莉很需要這個答案，就像當時的自己，也曾經很急切地想在第一時間質問上帝一樣，可是她也知道自己不能欺騙她。

「我告訴父母、老師、同學，沒有一個人支持我的，我還以為上帝會透過妳告訴我答案，結果也沒有。」

「小莉，我也希望上帝這麼做。」

「……」

「還有，我不是不支持妳的，我想妳的父母、老師、同學，也不是因為要反對妳，才反對的。」

「我從來沒有像現在這樣，這麼無助。」

「記不記得徐姊說過，上帝會在我們的生命裡放不同的功課。」

「我覺得，我這一題，好像太困難了一點，對我來說……」

「不會的，徐姊也有說，上帝不會在我們的生命裡擺上我們無法解決的問題的。」

「……」

「妳可以email回來啊，要的話其實也可以天天ＭＳＮ呀，我們都在，至少我一定在，妳走了，我也會感到寂寞，可是這只是暫時的，如果是好朋友的夢想，我覺得這暫時的分離，為了妳，我願意忍耐。」

「……」

「妳也可以的，妳一向是我們之中，最樂觀的啊。」

「妳想這是報應嗎？」

「什麼？」

子婕對自己聽到的有些狐疑。

「因為我過去總是一帆風順，就像穎穎說的，所以上帝要懲罰我？」

「妳在說什麼傻話！怎麼可能是這樣呢？」

面對眼前一向理智的小莉，竟然會這樣想，子婕覺得既驚訝又心疼。

「我把我的好運用光了……」

子婕抱住狠狠哭了起來的小莉，也許這時候再說多少都沒有用了，反而可能被解讀成錯誤的意見而造成傷害。她只是緊緊地抱住這個朋友。

回想起這一年來，上帝在自己身上所做的，以及那些她逐漸明白的，子婕多想親口告訴小莉她親身的體驗，但是她知道不行，上帝要小莉自己去經歷，雖然她也不明白是什麼。也許這時候根本沒有人會明白，但是上帝一向有祂的時間，以及祂的方式；經歷過，才能不再懷疑。

「我還沒有準備好……」

「妳還要準備什麼呢？」

「我不知道……」

「小莉，」子婕拿出面紙，幫她擦擦眼淚：「上帝都會預備的……」

小莉有些震懾地看著她，而子婕只覺得自己剛剛說了一句，自己都不知道為什麼說出來的話。

子婕跑上跑下，自己也不太清楚到底在忙什麼，但是她面帶微笑，緊張而興奮。

不過她現在可沒有時間去搞清楚自己的感覺到底是什麼，等了三年多的畢業音樂會，說什麼也不能砸掉。

穿著深藍色絲質上衣、黑色大喇叭褲，配上簡潔的銀飾，中午剛做好的頭髮盤起，留下兩根誇張的瀏海。

略顯吃力地張羅一切事情，她用小毛巾擦擦汗，看看手錶，有些不安地望著門口。

子婕特別交代爸媽和哥哥不許提早出現，她要他們只管準時入席，當個稱職的觀眾就好，一方面是為了最近和爸媽賭氣；一方面，這是她的表演，她渴望嘗試那種獨當一面的感覺。

熟悉的身影終於出現在門口，子婕露出放下心中一塊大石的燦爛微笑，迎上前去。

「陳子婕，會不會太美了一點啊？」

穎穎大老遠就喊了起來，身旁的阿森捧著一大束花，靜靜微笑著。

「哦，是嗎？我知道我美啊。」

一陣笑鬧，三人相視而笑。

「欸，我說，櫃檯小姐啊，我等妳很久耶，膽敢給我遲到！」

「好嘛，對不起啦，都是他啦，」穎穎推了阿森一把：「開錯路！」

「新手駕駛嘛，而且只拖了十分鐘嘛，」阿森不好意思地笑說：「不過大姊，妳化妝也化蠻久的喔。」

「快點，來陪我，我一個人，無依無靠的，我好寂寞！」

子婕邊說就邊把穎穎拉著走。她請穎穎作今天門口的招待，事實上不需要這麼早到，一方面穎穎也不是學音樂的，基本上找同學來應該還比較有用，二方面她其實很有主見，對於該安排什麼有自己一套邏輯，可是子婕覺得自己需要陪伴，而這個陪伴特別要仰賴一位屬靈的同伴。

女朋友被人家帶走，留下自己一個人和一大束花，阿森找了個位子坐下，他看著舞台上忙碌的人群，夾雜兩個他熟悉的身影。環顧四周，「原來音樂廳長這樣啊！」他心想，這輩子還沒認真聽過一場音樂會，充其量，也只有高中時為了交音樂作業的票根，和同學一起進國家音樂廳吹冷氣打盹的經驗。

「喂，小子，在看什麼，女朋友啊？」

李哥突然現身，怪聲怪調地說。

「李哥，鈺蓁姊，你們來啦！」

舞台上的兩個女生也發現了他們，飛奔過來。

「啊呀，子婕，恭喜恭喜！恩如，趕快獻花啦。」

「唉唷，李哥你討厭啦，等一下才獻啦。」

子婕嘟著嘴抱怨。

「你，很，煩，喔！」

鈺蓁姊拿過花束，輕輕敲了李哥的頭。

「鈺蓁姊，妳也來陪我好嗎？」

「對啊，妳來得正好，我們需要成熟的女性。」

「好啊，要做什麼？對了，餐盒給妳載來了，放哪裡啊？」

「對喔，謝謝你們，麻煩你們了。幫我放在門口，有桌子那裡，知道嗎？桌子後面的地上。」

「好，我也來幫忙。」

阿森放下花束。

於是所有人馬分成兩組，李哥領著阿森和女兒去料理餐盒的事，鈺蓁姊陪著兩個女生往舞台走去。

搞定餐盒以後，李哥這一組人又再回到禮堂。

「爸爸，我也要上台去玩。」

恩如睜著大大的眼睛要求，看著媽媽和姊姊們在台上穿梭，似乎很有趣。

「好啊，妳去找媽媽吧，不過不可以亂吵喔。」

送走了女兒，剩下自己和阿森還有兩束花，離開演還有一段不算短的時間，觀眾席除了他們兩個，沒有別人。

「喂，阿森，去透透氣？」

「嗯。」

走道音樂系館的樓梯口，他們坐下。剛下過雨的週日傍晚，學校空蕩蕩地沒什麼人。

「嘿。」

李哥打量一下四周，對阿森賊賊地咧嘴一笑，抽出一根菸點了起來。

「哦，還沒戒啊？」

「哈，戒不了啊，前陣子一下戒太猛，」李哥摸摸的確不小的肚腩：「增加了三千克肥油。」

阿森笑笑。

「果然啊，」李哥挑挑眉毛：「就知道阿森不會管我，才敢在你面前抽，如果是其他人啊，一定會一直唸一直唸，阿森你真是我的好朋友！」

明知道這樣說是不對的，想緩和氣氛，李哥故意這樣說著。

「那，鈺蓁姊呢？」

「其實，」李哥吐一口菸圈，收起他的嘻皮笑臉：「老實說，像阿森你這樣不會責備我、容許我抽，我反而更內疚。」

看了阿森一眼，帶一點尷尬的似笑非笑，撇過頭去，又抽了一口菸，吸一口，再吐一圈，一副很享受的樣子。阿森突然驚覺，李哥的臉上，多了好幾條以前沒見過的皺紋。

「不要看我現在這樣，好像很愜意，叼根菸，其實啊，」李哥作勢摸摸心臟：「難為情地想找洞鑽到地心裡去！」

阿森被他逗得笑了起來。

「你別笑啊，」李哥又作勢嘟起嘴：「人家很認真的耶。」

「少呆了。」

「哦，」李哥伸出手對著阿森的鼻子：「你感染了穎穎的口頭禪。」

阿森笑笑，有些不好意思。李哥對他擠擠眼，再吸一口菸，用右手大拇指食指捏著，把菸弄熄。

「阿森啊，你知道，你有沒有那種，『罪』的經驗？」

「『罪』的經驗？」

確實是蠻奇怪的問法。

「做壞事，做錯事啊，做不好的事啊，做不該做的事啊……」

「當然有啊，人都會犯錯。我有點驚訝，是因為『罪』這個字用得很重。」

「可是你做的時候，難道不知道，不應該這麼做嗎？」

阿森看看李哥，很顯然被這個問題懾住，想了一下。

「大部分都知道吧。」

「就是這樣啊，你去看看監獄裡關著的那些人，隨便問問看，有幾個敢說他不知道當初犯的罪，是不應該做、甚至會受到懲罰的？明明知道，為什麼還做？」

「原罪。」

簡短卻是有力的，李哥要的回答。

「嗯，你主日學很認真喔！對啊，人真的是有原罪這種本質，從這裡就得到最有力的證明。犯罪絕對是天性之一，只是就像你說的，監獄裡面那些人，觸犯了世人所認定的『罪』，一個很強烈的用法，那些足以被我們加以制裁的明顯罪行；其實我們每個人呢，好不到哪裡去，說謊、自私、嫉妒、驕傲、不認識神，或者像我這種成癮行為、不知節制，我們常常都在犯罪。」

阿森頗為認同地點點頭。

「哈，你不要誤會喔，」李哥轉變語氣：「我不是要合理化我自己的罪喔，其實我的主旨就是，每個人都會犯罪，都會做壞事，輔導也不例外喔。」

「嗯。」

「當然，對你們，我負有很重要的教導責任，和一般我身邊的人是一種不一樣的關係，所以應該以身作則啊！這並不是說，在你們面前，我就要很虛偽，好像我是聖人，只是你們是我很重要的負擔，要做壞事的時候，就算你們不在旁邊，對我而言，光想到你們，就可以對我構成無形的制裁力量；更何況是你們在我身邊的時候，當然要更加努力維持我完美的形象啊。」

「李哥，你在我們面前，沒形象的啦。」

阿森故意損損他。

「你，說，什，麼？」

李哥瞪大眼睛逼近阿森，鈺蓁姊正好走出來找他們。

「幹什麼幹什麼？對青少年動粗？」

「竟然跑出來在這裡逍遙啊，男士們，人家李恩如小妹妹都在裡面幫忙耶，羞羞臉啊你們兩個！」

「我是想說，裡面就交給你們女人啊，我們男人又幫不上忙，礙手礙腳的，我帶阿森出來，給他輔導輔導囉。」

李哥一見到太太，氣勢顯然小了不少，阿森在一旁看得笑了起來。

「最好是啦，輔導，這麼會挑時間！快點，有粗活，進來幹活啦。」

「遵命！」

李哥俏皮地行個舉手禮，鈺蓁姊笑著走了進去。

「走吧，」李哥拍拍阿森的背，站了起來：「走吧！」

阿森跟著站了起來，拍拍褲子。

「對了，」李哥轉過頭來：「你剛剛問的，鈺蓁姊當然不知道，恩如也是，其實全教會現在大概只有你知道囉。」

「喔。」

「這是我們，」李哥壓低嗓門：「男人之間的祕密，嘻！」

「李哥，要戒啦。」

「是！遵命！」

對子婕而言，在一片混亂之下，音樂會終於開始了。她盛裝打扮，穿梭忙碌著，即便待在冷氣房中，還得不時擦汗；一直擔心人來得不夠多、換場會不會出差錯、曲子演奏得好不好、工作人員便當夠不夠、謝幕時有沒有人獻花等等瑣事，自己其實根本無暇聆聽音樂會。

一直等到第四首，也就是最後一首的樂器擺定後，她終於感到似乎可以暫時鬆一口氣了。離謝幕還有十分鐘。

她走到接待處，想找人說說話。

「辛苦妳啦，謝啦。」

穎穎正大口嚼著買來要給觀眾的糖果餅乾。

「吼，」子婕一邊拿起簽到簿觀看一邊假裝數落她：「原來在這裡吃得這麼高興啊。」

「幫妳看門耶，而且我有請大家吃啊，這是剩下的嘛，正確地說呢，我是在收垃圾。」

「是，委屈妳啦。」

子婕翻閱著簽到簿，看起來還蠻可觀的。

「還不錯嘛，寫了好多。」

「我一直鼓吹大家留言喔。」

「多謝妳喔……那，徐姊有來嗎？」

「嗯，有。」

穎穎湊過去幫她翻到徐姊寫的那一頁。

「那，她有沒有說什麼？」

穎穎搖搖頭，兩人眼神交會，迅速陷入沉默，各自望著各自的前方好一陣子。

「那時候人還蠻多的，而且好巧不巧，長老跟長老娘他們，正好在同一時間出現了，徐姊跟我點點頭，就很快進去了……」

子婕點點頭；一會兒，她看看錶。

「快了。」

她若有所思的樣子，穎穎一時沒有會意過來。

「來吧，穎穎，」子婕又打起精神：「快結束了，等一下我還得上台呢，說一些話什麼的。陪我去後台吧。」

穎穎給了子婕一個令她感到安心的微笑，跟著她走進去。

隨著謝幕時間的逼近，子婕越發不安，最後的這首是現代打擊樂，穎穎著實聽不太懂，也猜不出什麼時候會結束；但是她卻可以感受子婕的浮躁，就靜靜地陪著她。

透過布幕的縫隙望出去，子婕努力地在黑暗的觀眾席中數算每一個人：同學、老師、姊妹淘、學長姊、學弟妹、爸媽、哥哥、高中死黨、學校團契的輔導和同伴、邱醫生、教會裡熟悉的臉孔、李哥、鈺蓁姊、阿森、愷子、阿綸，還有徐佩淇；辨識他們的同時，十秒鐘，子婕回憶起這陣子以來，為了這場音樂會的奔波與疲憊。

或者，她不只花了這幾個月，而是四年的大學生活；又或者，是更漫長的，二十三年。

而台下的人群，也等於是自己二十三年來的集合。花了十幾年的歲月，在正規的教育體系中，接受所謂「音樂」的完整訓練，可是今天子婕覺得令她創作的已經不是那些理論，而是她身邊的人事物；是他們帶給她真正觸及心靈的感覺，不論是愉快或悲傷、強烈或微弱，她明白這些才使她成熟，才是她創作的動力。

前男友，還有小莉，他們到底還是缺席了。子婕想起那些，在這一兩年間突然經歷的風暴、她怎麼殘酷地傷害自己、又是如何幸運地被這些上帝擺在她身邊的人救回來，過去的環節只要錯一步，她今天很可能就不會在這裡了。她看著身旁的穎穎，想到生命中總是有缺憾，讓人想起來感到微微地心痛。對於不少的事情，子婕知道自己還是像以前一樣，不明白上帝的作為；不同的是她選擇相信上帝在自己生命中有奇妙的帶領，更堅信上帝的意念需要時間來瞭解和純然的信心來經歷。

「喂，什麼時候會結束啊？」

穎穎小聲地問她。她嘗試認真融入那些有點詭異外加乾燥的敲打聲，還是理不出個頭緒來。

「快了，」子婕壓低聲音笑著說：「等一下要麻煩妳喔，等一下我謝幕，要獻花給我爸媽，我會使一個眼色給妳，幫我把花遞給我好嗎？」

「喔，妳要跟我拋一個媚眼哦？」

穎穎接過花束，低聲開著玩笑。

「妳要也可以啊。」

子婕剛剛說完這句話，舞台上，樂音結束，如雷的掌聲響起；她看看穎穎，眼神中有害怕，也有藏不住的喜樂。

「去吧，記得給我拋一個媚眼啊。」

穎穎輕輕推了她一把，笑得很燦爛。

Chapter6
盼望

我是基督徒，

因為這個失序的世界

因神與人的關係而有意義。

拖著疲憊的身體，子婕回到家，癱倒在床上。

好一會兒她才勉強撐起來，試圖給自己倒一杯水，這才發現連這個舉動都很困難。今天她真的累壞了，主動說要在段考後帶學生去烤肉，本來校長並不太同意，儘管子婕班上只有十二個學生，讓子婕一個女孩子帶著十二個小蘿蔔頭出去，總是叫人不太放心；學校老師人數原本就不夠了，根本就不可能有人有時間支援她。況且每年也都有固定舉辦校外教學，校長就是搞不懂子婕為什麼要給自己和大家找麻煩。

「都市來的年輕老師就是這樣。」

好不容易說服校長的幾天以後，子婕從同事口中聽到校長這樣抱怨。

她一邊規劃一邊戰戰兢兢，構想的時候她是真的興致勃勃。和校長談過之後，她反而多了幾層擔憂。從小到大她基本上算是一個靜態活動的愛好者，聽起來會汗水淋漓的活動她幾乎一概不碰，烤肉露營照樣把化妝品、高跟鞋打包到行李中，反正生火、搭帳棚這些粗工自動有愛慕者會幫她打點得好好的，她只要維持美美地出現就可以了。

校長的反對雖然讓她開始設想種種問題的可能性，卻同時激起了她的一絲好勝心。她雖然來到一個沒有人知道她過去的地方，有時候她還是隱約覺得，這裡的人還是用以前別人看她的眼光在看她，把她當成嬌嬌女。

她不服輸，翻書、上網、問以前的同學，場勘、想遊戲、練習生火，每天下課就窩在家裡忙，就這樣整整計畫兩個禮拜。

她不忘向上帝禱告，賜下好天氣。清晨五點不到，她驚醒後衝出門外，發現一個有微風的初夏早晨在等著她，開心地笑了。

儘管一路上持續提心吊膽，這趟旅程出奇順利。只是向來沒有運動習慣，突然這樣上山下水，加上連日來的傾心策劃，回到家這一刻，她才發現自己累到動彈不得。

身體的疲憊沒有壓制她此刻的亢奮，不只是因為今天和學生共度的歡樂時光，她覺得自己似乎證明了什麼，也許是自己可以不一樣，也許是她找到了不同於以往的快樂。

像是突然獲得一股力量，她拿起電話，下意識按了九個號碼後，停下手指，怔怔地望著前方，突然又像洩了氣的皮球一般，按下「結束」鍵。

原來人對滿足的追求就只是為了和某個人分享！她深吸一口氣，多希望有人在這個時候專心看著自己，聽自己說這一天發生的事，說天氣有多好、山裡的蟬鳴有多吵、烤蛤蜊有多好吃……還有，自己改變了多少。

她走到浴室，洗把臉，抬頭看見鏡中的自己。脂粉未施，模樣甚至趨近狼狽。她懷疑透過這張臉，這裡的人可以看見多少自己以前殘餘的樣子。

擦去水滴，按摩一下晒到接近健康小麥色的臉，梳理長時間曝晒卻疏於保養的頭髮，子婕想起她擱在台北家裡梳妝台上的防曬乳液和護髮霜。這就是她千里迢迢追尋的樣子？鏡中的素顏，讓她幾乎難以回想自己曾經是什麼樣子。

來自人的愛，那些關心、呵護、迷戀、激情是那麼吸引人，她不知道是自己先用了錯誤的方式去追求，還是那些人主動向她索取錯誤的兌換券；或者兩者都有。別人的言語、動作，無一不激起她內心的恐懼。忘了是什麼時候開始，她相信自己若不能順應別人的要求、不能成為別人期望的那個樣子，隨時都有失去一切的危險，即使她並不確定是否真正擁有過，心裡的那股力量始終從未停止驅使她。她擔心若不這麼做，就連爭取那些愛的可能性也要喪失了。

花了好一番功夫，也許現在的她漸漸忘了去追逐人總是殘缺不全的愛。有時候她為自己的努力感到驕傲；有時候，像是現在，這種凝視自己、單獨面對自己的時候，她會開始後悔，想念那些曾經，以致質疑起自己走到這裡來的正確性。也許陳子婕就該作以前的那個陳子婕，沉浮在別人的期待和認可中，也許所謂「上帝無條件的愛」，只是懦弱的她編造出來、創造出來的自我安慰……。

親愛的徐姊：

平安！我是子婕，復活節以後至今，幾個月不見了，相信妳還是為了神忠心地做工，加油！

我呢，還在學校實習，不過是最後一個月了，赫然發現時間過得好快，當初來的時候，想到要在這裡待一年就很想哭；前幾天準備學生期末的複習學習單，才驚覺我將要離開了。

學生們也是，我帶的班級裡有不少是國三，我們這裡是鄉下學校，這些孩子們畢了業，大多會就業而不升學。我看著他們，真的都是很單純的一張張白紙，回想我的少女時期，所謂的多采多姿的那些時光，此刻我不知道是羨慕他們，還是為他們擔憂——為著他們不像我一樣，擁有一個確定的未來。

復活節那天，妳問我為什麼選擇來這裡實習，我有些含含糊糊地說，是臨時起意的。自己都知道那種謊撒得有夠拙的！如果是別人還有可能，像我這種在都市長大的小孩，真的是連過年回鄉下小住幾天，都會瀕臨抓狂呢！當初我下了這個決定，身邊幾乎沒有一個人贊成，每個人都勸我：「妳要不要再考慮一下？」

其實，那是有原因的。一方面，很汗顏的，大學，妳也知道的，我忙著談戀愛、想東想西，成績不太好看；另一方面，是賭氣。

選填學校的時候，好多事情擠在一起。感情問題依舊困擾著我，很抱歉妳當時為我付出那麼多⋯⋯。團契鬧得四分五裂，小莉離開，還有，妳也離開了。

從小上教會，好像這就是我週末的一個固定行程，那時候一下子發生這麼多事，才明白你們對我有多重要，我無法接受那麼多人離開；應該說，你們一個也不能離開。

那時候我真的好氣！我好氣上帝！我的生活已經夠亂了！為什麼老是在緊要關頭還要給人家這種致命的一擊？

尤其是妳的離開，我想。雖然在團契裡，妳是我們大家相處最短的一位，可是妳來了，真的讓一切很不同，妳知道嗎？

很抱歉讓妳為我做了那麼多，可是在妳離開的時候，仍然問題重重。這一年來妳寄來關心我的email裡，都還會叮嚀我不要傷害自己，我因為忙（加上懶惰啦）沒有常常回信，可是每次看到妳還在為我擔心，總是對妳有深深的歉意。

第一次那麼做，是在高二的寒假，農曆過年的時候。吃完除夕的年夜飯，我還是沒等到他的簡訊，那頓年夜飯吃了什麼，我真的一點印象都沒有，只記得那頓飯我撥了三次電話，他都沒有接，當然他可能跟家人在一起，但我希望他有在想我，只要想到我就可以了。

我看看自己的左手腕，再看看拿美工刀的右手，腦子裡很悲壯地想了一大堆

「過去」的片段，我還幻想學長懊悔的神情，場景應該會在醫院的加護病房，他握著我插滿管子的手，拼命祈禱只要我醒過來，他就會回到我身邊，好好地疼我。

後來我沒有因此挽回什麼，更諷刺的是我根本下不了手，真的好痛！我不知道，或許是心理作用吧，我劃破了皮，看到纖細的一道鮮血流出來，我想更多的是害怕。我哭了起來，用身邊的面紙胡亂止血，慌忙用ＯＫ繃把傷口貼起來。

那個夜裡我覺得好孤單，躺在床上，我覺得整個房間裡的空間一直放大，好像要擴展到沒有邊界一樣。

哭著就睡著了。我做了一個夢，夢裡，我站在鏡子前面，端詳著自己，我笑了，不知道為什麼看著自己，只感到很喜樂、很安全。我坐下來，繼續盯著自己瞧，舉起左手腕，再看看鏡子裡的左手腕，確定沒有傷疤，就覺得很安心，然後躺下來平靜地睡了。

隔天我很早就醒了，那是個週末早上，照例要和小莉、穎穎去騎腳踏車。我掀開手上的ＯＫ繃，確定只是皮肉傷，就像平常一樣地，赴她們的約。

路上她們在亂哈拉什麼，我其實搞不太清楚。我的頭有點脹脹的，心裡也很亂。後來吃早餐的時候，小莉機警地發現了ＯＫ繃。

她們兩人很緊張而小心地詢問了一番，最後我們都哭了，應該說，她們兩個心疼我，又陪著我一起哭的。當然，她們沒忘記要我保證不管未來發生什麼事，都不可以再傷害自己。

我想上帝還是眷顧著我的吧，還派了兩個天使，讓我知道有人在為我擔心、在關心我。在那之後，分手的痛並不是馬上就煙消雲散，但是我漸漸好了起來。

暑假，開始為大學考試做準備。我不僅變得像從前一樣開朗，還交了新的男朋友，更好的是我們同班，所以說好要一起努力考進師大。我不僅有了生活的動力，還有了用功的動力。

結果我推甄就上了師大，他沒有。只差一點點的，他的學校成績比我好，應該是失常吧；這樣的刺激也許真的太大，他開始自暴自棄，甚至疏遠我。

一番拉扯什麼的，聯考後，他確定落榜；然後跟我提分手。

現在想起來那時候我真的好傻，就像穎穎當時罵我的一樣。為了那個男生，甄試放榜後我的整個生活都繞著他打轉，那一段日子我的人生成績是零，什麼都沒有做，只是一直嘗試鼓勵他、照顧他（我還每天幫他做午餐耶），就為了這麼一個軟弱、沒有擔當的男生。

甚至在後來，當他跟我提出分手，我想起了那一次、我輕輕劃破皮的那次，唯一知情的小莉和穎穎是這麼地傷心；我決定這次要狠下心做得徹底一點。我去藥房買了二十顆安眠藥，這樣總不會怕痛了吧。

那一次，我不確定，我是真的不想活了，還是只是想引起注意或者騷動。結果我還是沒有挽回什麼，更糟的是傷透了我的家人和朋友們的心。

怎麼好起來的，我也不太記得了，那陣子鈺蓁姊常常約我出來談，還有小莉和穎穎，她們兩個總是一個安慰我，一個有些嚴厲但是很中肯地點破我的不清醒。

整個大學生活，我好像就習慣了用這樣的方式去……引人注意吧，我想。不管發生什麼事，一開始是對離開我的男朋友，然後是對和我吵架的男朋友，然後是對送我回家忘記給我一個親吻的男朋友……。

然後情況越來越超出控制，自我傷害不只是我引起注意的消極手段，最後那變成我提出要求的積極籌碼：對不答應我換老師的父母，對責罵我的哥哥，對不採納我意見的朋友……

我對自己必須以這種激烈的方式感到悲哀，卻也矛盾地為它的永遠奏效感到一絲欣喜，我想這種病態的高興助長了我一再選擇這麼做的動機。

我利用了身邊的人對我的在乎。

還記得那天妳到醫院看我，妳翻開創世記，我記得很清楚，妳指著第一章第廿六節，唸給我聽：「神說，我們要照著我們的形像，按著我們的樣式造人。」

然後我哭了。

從小在教會長大，讀聖經還沒有真讀到哭過的，可是那天妳握著我的手，跟我說我擁有上帝的形象，所以我很寶貴，要好好愛惜自己……

我想到我總是一直傷害別人，想用很多不正常的方式控制身邊的人，如果我真的永有神的形象，那我真是不配；而另一方面，我似乎又覺得那都是自己應得的，我應該得到更多愛，甚至是所有人的愛，得不到就會讓我崩潰。

那天妳來看我讓我好高興，總覺得妳就要來給我解答，許多我對上帝作為的疑惑，但是其實沒有，上帝沒有透過這種方式。

祂……真是難測透的。甚至後來在我們更加依賴妳的時候，帶妳到另一個地方，遠離我們而去。

就連阿綸也受不了我了。太多問題一起發生，而它們看起來都好無解。

選擇到現在的學校實習，當然和我成績不夠好、選擇不多有關，但是更大的原因——我告訴自己，這是一個逃避一切的好機會。

實習生活其實很累，一方面心態上和以前有很大的差別，開始的時候我把這當作一份正式的工作，而事實上它就是。另一方面我來這裡的本意，就是想要不顧一切，把全部的自己投進去，藉以塗抹過去我混亂的青春。

我不想偽善地說我從心不甘情不願到愛上這份工作什麼的。我來的時候就抱著最壞（到極點）的打算，帶著強烈的防衛心，只是想早早結束一切。

現在想起來不得不相信，上帝讓我在生命中遇到的人事物，絕不是什麼偶合。

接觸年幼的生命，我看到他們怎麼用單純的心去看上帝創造的世界；指導老師和我談他與我同年的女兒，我學會體恤父母對我的用心良苦；和選擇在這種窮鄉僻壤服務的老師們談人生，我這個基督徒在非基督徒身上，彷彿也看到、感受到上帝對人的愛。

我想我慢慢有了改變，也漸漸接納對這裡的感覺和態度。

話又說回來，即使實習不像我想像中那麼糟，但也沒優到會讓我變得健忘。復活節把大家約出來，除了想看看大家，懷念那種以前一起聚會的氣氛，老實說，我很想見阿綸。

我知道一切將會無比尷尬，從約他到真的看到。無論如何，有一個聲音告訴我，上帝不要我用錯誤的方式。

我鼓起勇氣……拜託愷子幫我連絡阿綸。

「妳應該親自打給他。」

愷子直接回絕了我。

「發生什麼事了嗎，你們兩個？」

我不太確定愷子真的不清楚，他們兩個那麼好，阿綸不會不告訴他的。

「如果你想要約他，妳應該自己打給他，我可以把電話給妳啊，既然你們之間沒發生什麼事。」

我怎麼能承認呢？

我硬著頭皮約了他，結果正如我所預料，我真是尷尬到想死，真的，我找不到更貼切的形容詞了。

可是我想見到他，面對面的。離開台北後我想了很多，我改變了，不論是行為或想法；至少妳看，我以正常的方式達成我的期望。

我想也許見到他，他會有所行動吧。如果，他對我還有一絲感覺。

結果他什麼也沒說、什麼也沒做。客套地打招呼，應酬地面對面吃飯，然後說掰掰。

搭車回台中的路上，我哭得好傷心。有那麼一瞬間，我真後悔沒有用那些強烈的方式。我瘋狂地想，就算他對我一點感覺也都沒有了，至少出於關心，他一定會有所表示。

還好我沒有這樣做。唔，人生是我的，對吧，徐姊，妳曾經這樣對我說的。上帝賜給我自己獨特的生命，祂創造我，我不是為別人而活，祂要我為祂而活。

我想著，那些孩子還需要我，在這世界上，不是只有我陳子婕對別人有需要而已，還有很多人因為我的存在而快樂、而有所得。

今天中午，帶完合唱團，拖著疲憊的身體回到辦公室，正準備吃午餐的時候，我竟然看到阿綸，理著平頭，不會錯就是他，坐在我的位子上。

他站了起來，對我微笑，手中提著「鮮芋仙」的袋子。

「妳的最愛，薏仁蓮子。給妳的。」

我們就像什麼都沒有發生一樣，像那種老朋友重逢的場景，他聊著部隊的生活，我告訴他實習的點滴。我一方面對他的造訪感到開心，一方面為著話題一直觸不到我真正想聽的那部分，感到惶恐。

幸好每天的流水帳很快就聊完了、幸好我們兩個都不是話多的人。很快我們就陷入沉默。

他拿出一本自製的五線譜本給我，封面是他的親手素描，是我實習學校的操場一景。

妳不會想到我有多麼地激動，說不出話也不知該作何表示。我想我當時一定看起來很呆。

阿綸一向很細膩的，我想他必定察覺到我錯愕但又嘗試保持冷靜的心。「我休三天假，妳還得忙吧，我自己逛逛，等妳下班一起吃晚餐。」然後就笑咪咪地走了。

一起吃晚餐的時候我想起妳，有關我生命中許多的難題，它們似乎都還沒有答案出現；可是我想我願意等待，也漸漸相信，問題雖被拋出，但不一定要馬上解答它，只要等待適當的時機它自然會出現。

上帝祝福妳也與妳同在！

愛妳的子婕

P. S.謝謝妳曾經為我所做的一切，我也相信妳不住地為我禱告；也謝謝妳不因當時沒有看到立即的果效便放棄，我也要學習囉！

徐姊：

平安。我是阿綸，好久不見。妳那邊的服事，一切順利嗎？相信上帝一直帶領著妳，我都有為妳祈禱。

常常將妳放在我的禱告中。五個月很快就這樣過去了，忙完了兒童夏令營，不知不覺也開學了。接著是感恩節、聖誕節、新年、農曆年，然後好不容易來到現在的寒假，才靜下心，好好給妳寫一封信。可是在這之間，每經歷一個妳曾經在我們當中一起度過的節日，就會想念妳。

說為妳代禱，說給妳寫信，其實說得有些汗顏。某種程度是我經歷了一些問題，我知道我應該找李哥，畢竟妳有其他的問題要煩的，並非李哥不能解決，他跟我談過了，我想這次，是我，或者，是神所不能解決的。

去年暑假，我爺爺突然中風，他本來身體很好的，但是不知道為什麼，一切發生得很快，不到一個禮拜他就走了，那是他生平第一次中風。

去年妳快要離開我們的時候，因為很倉促，我忘了告訴妳，那時候，我爸爸突然跟我說，他準備了一筆錢要給我出國用。我很難明白為什麼爸爸在那時突然轉變了態度。他還是不太贊成我去教會，只是叨唸的次數減少了很多，他為什麼突然願意支持我出國唸書，我至今無法解釋。

可是我的喜悅是可想而知的，哪有時間考慮什麼原因啊！

那一陣子，發生了好多事，雖然身分上仍然是一個學生，甚至還待在同一所學校，可是研究所新鮮人的生活仍然讓我有點緊張。我沒有想到的是一夕之間，那個暑假我們送走了妳和小莉。

後來，還有子婕。

子婕到一所鄉下國中去實習這件事，我是被穎穎告知的。她甚至沒有跟我說再見。

愷子常常問我，為什麼我「這種人」會喜歡子婕「那種女生」？我想我以前真的被「愛」沖昏頭吧，印象中他每次問我大概都以傻笑帶過，直到下定決心要採取具體行動，所謂的「追求」吧，好像重新認識了子婕一樣，才驚覺和我之前認知的落差；並不是說因此就改變對子婕的欣賞，但面對和她的關係不斷加給我的挫折，也許是這樣才讓我去思考愷子丟給我的問題吧。

更糟糕的是，我發現這個問題是無解的；雖然愷子不再問了，可是我知道自己大概是永遠無法回答他了，我覺得這個問題比解釋「三位一體」難得多了。

忘記從什麼時候開始子婕就在我心裡占據一個位子，我知道她很多人追，也知道自己在這些人之中，絕對不很突出，或者不是她心裡喜歡的那種男生吧。我很清楚她只是把我當成普通朋友，可是不知道為什麼，我就是願意等待，就像我堅持自己的夢想和持守自己的信仰一樣，即使有那麼一點看不清未來，我就是很自然地不去多想以後的問題，我甚至連自己有沒有抱持著希望都不確定。

可是我總是沒有任何行動。

我常常在禱告中把這件事情擺上，很火熱、很有信心的時候，總覺得彷彿子婕是上帝為我預備的那一位；每當發生一些事情、諸如她又有了新男朋友之類的時候，我又覺得她好像不是那一位。

一直告訴自己來日方長，而且我們是在教會一起長大的，我相信只要持續不間斷地上教會，這是我們彼此之間切不斷的聯繫。

不管是不是上帝的意思，對子婕，那份感情似乎在我不知不覺、沒有刻意經營之下越發加深了。

我沒有想到這些帶給我的是更多的苦痛。

子婕有太多自我傷害的紀錄，早在妳來之前、高中的時候就開始了，我相信李哥都跟妳提過了。而我總是相信，我自己或者我們所知道的，遠比真實的次數少。

即使一次又一次，子婕似乎都沒能成功；可是每一次她這麼做都傷透我們每個人的心。

我永遠記得第一次，至少是我們所知的第一次，我永遠忘不了那次聚會，我照例偷偷盯著子婕，然後看到她右手腕上一道淡淡的疤痕，還有哭腫的雙眼。

然後事件一再重演，李哥找她談過，找她和她家人一起溝通過，穎穎和小莉勸過她，穎穎還說有一次她們三個人講著講著全都哭了。

事情是從我們高二開始的，儘管我們很努力付出關心，情況似乎是更惡化而沒有好轉。

或許真的有太多讓她傷心欲絕的事情吧，像她這麼漂亮可愛的女生，也許感情上真的很容易遭遇困擾吧。

我認真地思考過，在這種事情不斷發生的時候，或許子婕抓住了我們的愛心與耐心，卻捆綁了我們對她的態度，也捆綁了她面對生活中挫折的態度。

我曾經以為我看出了這個死結所形成的方式，可是我還是很喜歡她的。

李哥跟我說：「是啊，阿綸你是看懂了問題的癥結，但是這解決不了什麼，你只是知道而已，但事實上這不會改變任何事，你只是從無知地被人轄制，到有意識地、心甘情願地被控制而已喔。」

我想他說的對。

「而這正是人的有限」，李哥也沒漏掉這句。

子婕的爸爸是長老，遇到這種事他和陳媽媽一定都很痛苦；後來我們大家除了迫切為她禱告，幾乎是無計可施。

記得妳跟我說過，對子婕妳輔導得很挫折，這大概是妳唯一一次輕描淡寫地在我面前暴露了妳的無力感吧。

妳的那些話驚醒了我，契友們當然為子婕做了很多，但是我們真的很不足、很不完全，卻都忽略妳默默在努力的。

真的沒有想到妳那麼快就離開我們，而我忘了在那之前告訴妳，妳來了之後，我看到子婕的改變。

我想那改變太過緩慢，很容易叫人忽略。

記得有一位傳道在主日崇拜說過她去參觀鐘乳石的經驗，她提到我們現在所看到的鐘乳石要經過幾萬年才能形成，她在心裡讚嘆著上帝如此潛移默化地做工。憑上帝的大能祂當然可以用極短的時間創造祂所欲的，但是如果鐘乳石在一夕之間就被「變」出來，那麼我們大概就不會像今天一樣去欣賞了。鐘乳石的美和奧妙就在於上萬年時間積累而成的巧奪天工，這樣想著，那位傳道就在心裡讚嘆起上帝的旨意。

我想，上帝藉著妳在子婕身上所做的，也是如此奧妙！

記得那年的年終火鍋大會，大家圍著親手做的滿桌美食，各自述說自己一年來要感謝上帝的場景。

我觀察到子婕對妳投以感激的眼神，而我明白這是子婕發自內心的感恩。

從小在教會常常聽到大人們「平安、平安」地互相問候，牧師講道前也喜歡以這句寒暄語作開場白，總是習慣跟著很制式地回應「平安」，可是我好像從未真正明白體會過。

對不斷拿生命當籌碼的子婕而言，「平安」是多麼地重要！而對徒有一具脆弱空殼的我們每一個人來說，「平安」與否其實真的很關鍵，只是年輕又幸福的我們很難察覺。

講半天差點就忘了告訴妳我的近況了。我想妳一定早就聽說了，那時候家裡發生那樣的事情，我真的有種陷入絕望深淵的感覺。想想不是很不合理嗎？既然上帝「帶領」我這一路以來，雖然是風風雨雨的，但就是走過來了，好像這讓我就不免認定了祂的帶領，為什麼會發生那種急轉直下？為什麼我不能繼續唸？

我相信妳絕對能了解這種錯愕，特別是妳在那種情況下離開。

好幾次我真的覺得這個人生我走不下去了。我不知道一切會變成怎樣。曾經你以為好像神給了你一個確據，現在你懷疑是祂收回了，還是祂根本未曾給過？

忘了自己是賭氣去當兵，或者根本就是被迫去當兵的。反正一切就在一團混亂中發生了。我不知道是我選的、是我別無選擇的，還是上帝安排的。感覺上就是一夕之間什麼都沒有了，什麼都被打亂了。

分發到的單位剛好很辛苦，什麼傳說中現在當兵很涼，我一點都不覺得，自己的時間少得可憐！妳知道我是一個很需要自己時間的人，可是在這裡，或許不用做太多，但也不能做太多！而這一種苦悶對我而言是最可怕的。

什麼人都有，突然，覺得變得有點複雜，以前我的同儕都是所謂的讀書人，現在我們同梯這裡，我只能說，這種感覺就是所謂的「龍蛇雜處」吧！抽菸、喝酒，好像是融入大家的必備技能之一；有些事情，大大小小的，所謂的「不公不義」、睜眼說瞎話的都有，反正你只要服從就好了。很多情況下，我必須麻痺自己，真的什麼都不要想，因為多想了，就覺得「天啊怎麼這麼不合理！」什麼都不考慮，叫你幹嘛就乖乖聽話就對了。

怎麼過來的呢？自己都不敢面對的一片混亂，也不好去跟妳說吧。從來沒有想過自己會產生那麼多苦毒、憤怒、埋怨、憎恨，變成一個自己最討厭的人。

那時候不再禱告了，我不是懷疑祂的存在，只是突然落入反差太大的環境，會懷疑那裡有沒有神，懷疑自己是否被神遺棄。

好像坐牢一樣地被困住，過去作過的夢還遺留在心裡，沒事可做的時候，我就發呆，想念我過去的夢想，親手畫過的那些圖，那些構思但還沒付諸實現的設計，我知道自己會越想只會越沮喪，不知道為什麼還是很不怕死地一直想、一直想。

有天就突然想起子婕，說突然是沒有很恰當啦，只是想到我曾經把她和我的夢想結合的那個想法，那時候突然好想好想馬上見到她。

既然什麼也做不了、動不了，我還顧忌什麼呢？不再像以前那樣考慮半天，我突然下了決心，就安排了一個休假，要去找她。

找她要幹嘛？我也沒多想，就是很單純地想看到她，忘記提醒自己這樣會有多突兀。

然後我就去了，照著穎穎教我的方法，一個人就這樣跑去了，連禮物都忘了準備。我越走越懷疑，這就是子婕來的地方嗎？她在這種地方做什麼？

最後我看到一個我所見過最美的校園、一群最快樂的孩子，還有，雖然有點噁心加拍馬屁加狗腿，但，一個我所認識最美麗的子婕。

我靜靜在那裡看了一陣子，捨不得打擾，也許是被「關」太久了吧，那一刻真的有種好幸福的感覺。

胡亂跟她聊了什麼，言不及義的，每說一句話我就在心裡罵自己一句：「怎麼可以那麼詞窮！」心想真是來破壞自己形象的。

末了也忘記怎麼結束的，忘了是怎麼胡亂約定下次要再見的，心裡好像又燃起了無限的希望。為哪件事情？我也不知道。

我覺得子婕又和我一直以為的那個子婕不同了，奇怪的是我覺得，很不好意思地說，更喜歡她、更想為她做點什麼事情。

重新回到胡思亂想的生活，只是想的內容有所增進了。我想她！再去看她幾次，和她去她在那裡的教會；聽她說哪個孩子的家長送她什麼青菜，在部隊裡吃到那種菜，就會吃得特別起勁。

偶然聽她說，校長有點想改建一下老舊的校舍，還有因為地震有些受損的操場，我那種構圖的本能開始蠢蠢欲動。

她說會幫我向校長提，可是可能要等我退伍。校長說不急，反正也沒有經費，只是純粹想而已；她天真地說可以向教會、甚至是以前台北的教會尋求奉獻，一邊等我退伍。

我覺得子婕反過來變得比我更有信心了！

現在每天晚上，我酸痛的筋骨躺在硬梆梆的床上，有時候還是會懷念以前作那些夢的日子，跟上帝抱怨覺得被祂擺了一道。可是每次心裡又浮現一些新計畫的時候，我還是忍不住覺得興奮和充滿期待。雖然覺得又離原本的想法更遠一點，可是不知道什麼時候開始，那種感覺不是遺憾，而是奇妙，因為那等在前頭的似乎是比我預設更好的。我不知道……

某刻我覺得我屈服了，也許我所能想到的真的就是那麼有限吧！神好像要打破我以前自以為知道的，要我重新去學習倚靠的功課；雖然這一切比我想像的難得多！

我回家把聖經拿來了，看這次我跟上帝能不能更有默契一點！事實上我人還在部隊，對未來還是有很多不確定，可是我願意相信我有盼望——盼望那上好的福分，超乎我所能想像的！

期待每一個休假的見面！

謝謝神把妳擺在我們當中的每一個日子！祝福妳繼續為主做工！相信祂要讓妳恩上加恩、力上加力！同樣超乎妳我所想！

想念妳的義綸

「徐姊，早上教會應該也很忙吧。」

「還好啦，你們也是吧。」

她看著大家，一一和腦中的印象比對，想著大家是不是變了。再怎麼樣還是保留一種熟悉感，讓她感到安全。

阿綸就像信中提到的那樣頂著一個平頭，原本穩重的氣質突然被削減一點年齡，他還是很主動地招呼所有人，安頓大家入座或點餐。穎穎剪掉馬尾，一頭短髮好像比較適合鬼靈精怪的她。她還是一樣讓自己在的地方絕無冷場，儘管她穿了比較正式的套裝，仍然不忘跟愷子鬥嘴。喔，愷子，還是以前那種帥氣的打扮，聽子婕說他現在準備重考研究所；子婕呢，如同她自己在信裡寫的，大概是一個全然不同的人了。

「徐姊，很不習慣我沒有化妝的樣子嗎？」

大概是察覺到徐佩淇一直觀察自己，子婕這樣問。

「沒有啊，這樣很好，妳還是一樣很美啊。」

「妳最後一次看我化妝，應該就是音樂會那天吧。」

「嗯。」

「其實，」穎穎不甘寂寞地加入她們：「那天之後陳子婕就收山了呢，之後就沒化妝了耶。」

「自自然然地很好啊。人家子婕又不像妳，需要其他東西的幫忙。」

愷子不改損她的習慣。徐姊懷念地看著穎穎作勢要揍他的動作。

「每天都只跟學校小朋友見面，化給誰看啊？其實我覺得這樣很舒服，雖然有時候會懷念以前逛街常常被行注目禮的滋味囉。」

她笑笑地說，眼神裡好像真有一絲落寞，一旁的阿綸投以安靜的眼神。徐佩淇看著他們，雖然只比去年看他們的時候多了一歲，卻覺得他們在這段沒有見面的時間迅速地長大了。認識、分開到再見面，一直都是成年人的他們在自己的眼裡卻一直都很青澀。兩個人現在又是什麼心情和想法呢？徐佩淇突然替他們倆緊張起來，好像在兩個人的臉上都讀出了一點不確定。也許人都是這樣子，走在自以為很確定的路上還是一直回頭張望，懷疑自己的選擇會不會有錯，不管長到多大。有時候長大、懂事反而會讓自己有更多的猶豫。徐佩淇決定什麼都不問，只要聽就好了。

就算問了或是答了又怎麼樣呢？她知道上帝才能給答案，如果他們有什麼要說的，自然會自己說出來吧。

穎穎還是抱怨著學校的課業或社團的事情很忙很多，愷子也很盡責地不時吐她槽，然後等待她的反擊。徐佩淇突然發現穎穎是用牢騷來表現對人事物的重視，她談論那些事的同時，似乎也藉以肯定自己的重要性。想著她竟安心地微笑了：「穎穎好像過得蠻充實的嘛，雖然她也一邊抱怨沒有男朋友啦、對未來很徬徨啦。」

「唉，明年就大四了，也就是傳說中行情會最差的時候了。然後就是找工作或研究所，拜託，怎麼這麼快啊？我都還沒享受夠耶，我爸媽現在就已經開始催我了，要我想一想以後怎麼辦，我哪知道啊？」

「妳應該會做相關的工作吧？還是想考研究所？」

「嗯，」她搖搖頭：「我好像不是很適合唸書吧，不夠定。之前我有跟同學去議員辦公室幫忙過，也有聽老師或同學提過，類似國會助理那種工作吧，老實說，這種東西的生態我不是很喜歡。」

「應該也可以做其他的工作吧？文史相關的都可以啊。」

「我不知道耶，一點頭緒都沒有。」

「妳之前不是也在補習班打工過？」

「嗯，才不要！」穎穎抗拒地說道：「基本上，不喜歡小孩！那時候純粹是為了五斗米折腰啊。」

「再想想囉，禱告看看怎麼樣？」

徐佩淇提議。

「對嘛，妳急什麼？又不用當兵。」愷子現在延畢重考中，算是以過來人的身分說：「其實，沒什麼想法的時候，還不如停下來靜靜想一想，有時候反而會有意外收穫，急也沒用啊。」

「那你呢？」徐佩淇問：「就都在準備考試？」

「沒有啦，這樣會悶死，都還是念一樣的東西啊。去年暑假前我跟老師協議，先跟著進實驗室，算是今年幫我保證進去這樣。」

「喔，走後門！」穎穎大叫。

「欸，妳不要講那麼難聽好不好！我是失常！我又不是很爛，我本來就應該考上好不好！而且老師又不是白癡，他也不會隨便收學生耶，他也是知道我的狀況才可以的好不好！

「其實，老師有私下跟我談沒有考上的原因，好吧，也許這裡面某些部分是有點要靠關係，但是我真的覺得，沒有考上，而且在知道我的問題之後，我變得比較願意也比較知道去調整自己。我覺得，如果沒有這一連串意外和機會，我可能會一直改不掉很多東西。」

愷子突然這樣坦承地說出來。

「還有，在實驗室這樣待過，我突然發現，有些事情或是這裡的生態，和我之前以為的很不同；或是說，我根本沒有想過這些旁枝末節的東西，會對所謂研究或是學術這種東西有影響。有時候，我還會懷疑，我到底應不應該或是適不適合在這裡面。」

穎穎也聽得專注，也許現在愷子真的不同了。

「所以啦，」他收起一本正經，拍拍穎穎：「年輕人，別緊張，多想想囉，暫停一下不見得比較不好。」

徐佩淇投以一種嘉許的眼神，神真有祂的美意，而她慶幸愷子也知道把握機會去思考。

「不知道，」穎穎把玩著餐巾紙，意有所指地說：「有的人還是比較，怎麼說，天生幸運吧，前面的路都鋪得好好的，就等他去走囉。」

「自己去鋪不是比較有意思嗎？」阿綸笑說：「不知道前面會有什麼事情發生，也許會比較沒有安全感，相對也會比較有新鮮感啊，如果有一天妳完成了所謂夢想這種東西，也會有比較多的成就感啊。」

「而且不要忘記喔，」徐佩淇附和著：「我們可以把我們的安全感建立在上帝，祂也許會讓我們的生命裡有許多的失望或未知，但是祂對我們都有安排、都有計畫，只等我們去明白然後與祂同工。可能要很久，也可能很快就知道，但祂不會讓你所走的每一步白費工夫！」

徐佩淇在對他們說，也對心裡的自己呼籲。

穎穎繼續把玩餐巾紙，她忽然有種委屈的感覺，每次想起小莉，她總是有種很複雜的感覺，即便自從那次爭執之後她們再也沒有連絡，她還是把小莉當成朋友，而且是最了解自己的那個，可是長久以來對她一種隱約的忌妒卻搞砸了這一切。問題就出在小莉真的和自己很談得來，而且真的是一個好相處的女孩，幾乎是漫畫裡面零缺點的那種女生，沒有人可以不喜歡的；可是這種女孩很容易威脅身邊的女孩。

他們都知道她想的是小莉，子婕知道她們在那之後誰也不願意先低頭，卻都有意無意地不時向自己探問對方的消息。

他們像以前一樣不約而同陷入沈默，這種安靜不會叫人感到不舒服。

徐姊想著李哥，不知道他們一家好不好？他為什麼沒來？自離開之後，他也沒什麼和自己連絡，不知道他對自己的離開有什麼想法。

她常常想起李哥和他太太和自己一起吃便當的那一次，他們說了很多勉勵的話，好像想讓自己保持一種在教會被接納的感覺。

「我有點想知道為什麼？」

那天最後，徐佩淇鼓起勇氣，把李哥拉到一旁，這樣問他。

「我把聽到的訊息告訴妳，」李哥有些遲疑，也許是察覺到徐佩淇眼中不想被蒙在鼓裡的渴望，也許是夠信任她：「不過妳不要想太多，到哪裡都是可以服事的。牧師後來去學校找妳的老師，好像妳的老師在聊天之中對他提起了什麼，之後整個決定就翻盤了。」

「不是長執會決定的嗎？」

她壓抑住激動問著。

「是都這樣說啦，」她看得出李哥的無奈：「是可以這樣說啦，啊，到哪裡都是一樣啦，妳沒聽他們說過，這裡只有聽話的才會當執事！所以我太太常跟我說，你一輩子都不會當執事的！哈哈哈！」

李哥那時故作開朗的神情，和現在在大夥中談笑自如的神情一樣，沒有變過。

「欸，」穎穎指著門口：「來了。」

阿森帶著一臉靦腆的笑容和一盒很像是禮物的東西走了過來。

「他中午特地趕回家做的。」

阿綸幫他打開盒子，是一個完美的起士蛋糕。

「哇，好棒！你自己做的喔？」

「他現在有去上烘焙的課，結果現在我們家還有教會都不用買蛋糕囉！」

愷子有點自豪地介紹著，阿森則不好意思地笑了起來；從他的話裡，徐佩淇知道阿森並沒有休學，也許當初那種想法是真的過於極端了吧，不過從愷子的樣子看來，家人應該是支持的。

阿森和他的蛋糕又為大家帶來了熱絡，雖然他還是像以前一樣靜靜的，可是徐佩淇在他的臉上看到更多的自信和喜樂。

徐姊，平安

好久沒聯絡，妳好嗎？

我是小莉，最近好忙喔，現在是美西時間九月十四日凌晨一點二十五分，我剛拖著極度疲憊的身心從實驗室回宿舍，除了幫忙老師的計畫，我還必須一邊開始論文（實驗）的準備了，真是深切體認到蠟燭兩頭燒的刺激啊。

儘管我已經累到想直接趴在床上，不顧一切睡他一覺，但不知道為什麼，我只覺得自己現在如果沒有坐在電腦螢幕前寫封信給妳，一切就會停擺，不能繼續下去；於是我像是遵循著某種定理似的，自然而然地，身體不聽心理指揮，開始囉！

記得三年前的今天是什麼日子嗎？我想沒有人會忘記，那是上帝派遣一位天使到我們當中的日子，對吧？

我記憶力一向很好的，妳知道，而且每次團契聚會，人家可都是很認真的喔！

當年團契的聚會內容一向有連貫，妳要的話，我真的可以把課程如數家珍地告訴你喔！

可是那天，就是妳來的那天，也可以說，是那麼重要的一天，不知道為什麼，我對大家說的話跟實際內容，沒有半點記憶。奇怪的是，殘存在我這腦袋裡的，只剩下畫面，真的耶，就像默片那種感覺的畫面喔，每個人的嘴巴張啊合的（算是有喜感的啦），說著什麼我卻一個字也聽不到。

腦殘如我，只記得妳的一句話。妳不要笑我喔，真的是很、很莫名其妙的一句話（自己都忍不住深深覺得）。「我叫徐佩淇，侯佩岑的佩，舒淇的淇……」

哇塞，不知道為什麼就是覺得，從看起來一本正經的妳的口中，說出「侯佩岑」跟「舒淇」，很有爆點啊，所以你們神學生也是很關心影劇新聞的嗎？畢竟我們事後討論時，一致以為影劇新聞很不屬靈啊，或者說至少在神學院裡，老師也會這樣告誡你們吧。

好吧，我們還以為門訓的老師都會這樣教你們，我們錯了。

記得當時，我和穎穎還很有默契地對看了一眼。

說到穎穎，她好嗎？大家？（吼，妳明明就應該跟我一樣無法得知這些資訊啊，明知故問！）

上次寫信給妳，也要追溯到復活節的時候了，當時知道你們大家「背著我偷偷」聚會……子婕跟我媽咪要到了我在美國的地址，寒假的時候就寫了明信片告訴我，想找大家聚聚的事情，問我方不方便回去一趟。

妳不要趴在地上笑我喔，告訴妳喔，接到子婕明信片的那天晚上，我激動地哭溼了枕頭，到天亮。

雖然我爸是會出這個機票錢的（爸爸有錢真好），但我老闆不會出借我這個人啊，只能說，人家還想畢業呢，感情用事也要有個限度，那個限度就是不能拿前途開玩笑啊。

來美國的時候，我刻意地把和團契有關的東西都留在家裡，只帶了一張照片，就是我們去參加妳畢業典禮的那張合照。

其實我原先的打算，說出來妳會笑我的，本來我想就像電視上演的那樣，刻意地把那張照片壓在我抽屜的最底層，像賭氣似的。完全就是值得被飛踢的不成熟！

但是回憶是既無法被留在哪裡，也不會被塵封在哪裡的，對吧？

最為玄妙的是，最後我根本找不到那張照片，我很確定我把它放進隨身的包包裡，後來我把所有行李箱都翻遍了，還有書本、小盒子、小袋子，任何可能窩藏的地點，哎呀，反正有可能的地方都搜尋了，一無所獲。

奇怪吧？

好啦，前面才誇口過，可以記得每次聚會細節的，現在來驗收一下唄！

徐姊第二次跟我們一起聚會，是談「恩賜」這個主題，對吧？記得妳說想多了解我們，希望我們都分享一下選擇自己科系的理由，對吧？

覆誦一下我當年的答案喔：我對什麼都有興趣，我選物理系，是因為它最接近真實。

妳和李哥還誇獎了我的答案，記得嗎？

好吧，我跟妳招了，我是很認同這句話啦，不過，它其實是一個物理學家Townes的答案，只是我看到的時候，覺得很心有戚戚焉又很讚，就給他偷偷地剽竊引用了一下。

唉唷，人家還是有自己的答案的。

我選物理系，是因為我想去發現每一個物理現象背後，上帝放在那裡的答案。

我是真的這樣相信喔，一直到現在還是一樣；我真的認為，在每一個世界的表象後面，上帝都給我們預備了答案。

妳跟李哥常說我有很大的信心，還有從小到大，我遇過的輔導們，也都說我對神的信心很足夠。

妳知道嗎？其實穎穎他們常常受不了我的「信心」，他們都說我太天真。

也許，當時那種信心，真的就只是天真罷了。不是說信心是「未見之事的確據」嗎？說穿了，我當時的那些相信、憑藉的，就只是經驗法則罷了。

從小到大，我真的覺得在我的每一個問題背後，上帝都預備了答案，嘿，還包括考試題目喔！所以我才一路都成績好成這樣嘛。

現在想起來，也許應該說，一直以來，神都為我預備了「合我意的答案」。

一直到我那次在「感情上」被拒絕（羞！），才狠狠跌了一跤，活了二十二年之後，我終於碰到一個沒有答案、或至少我找不出答案的問題：究竟要做什麼，才會被一個人愛上呢？就那個人，不要別人！

也許，事實是什麼都不用，或者說，什麼都不能做。被愛和愛人，是沒有原因和理由的，那不是一個證明題或辯論，不符合「若P則Q」的法則。

團契裡的每一個人可以說是我一起長大的好朋友，對獨生女的我來說，他們像家人一樣，突然離開這一切，心裡空出來的那塊，是什麼都填不了的。老實說我心裡有數，我出國只是其中一部分原因。當時就是發生了許多事，我們就像成軍多年的偶像團體（相當自以為啊，有沒有），終究還是有拆夥各自發展的一天。

我到這裡，除了唸書，還是唸書，日子突然多了很多空白。這些突如其來的空白，就這樣活化我的腦細胞、激發我作白日夢的天分，我開始用很多時間想很多事。嗯，這可不就是坊間流傳的「出國沉澱」這檔事嗎？

我覺得，我一直在努力打破很多誤解，是因為我身上有很多矛盾嗎？我不知道，可能吧。比如說，我學物理，人家會說，一個女生學物理，妳很理性很聰明之類的；其實我浪漫得要命，最大的興趣是做白日夢。至於聰明？嗯，我考運好吧，或者頂多說我跟出題老師們有冥冥之中的默契吧。在台灣，只要比別人會考試，在選科系的時候，就比別人有更多選擇權，不是嗎？一直以來，我也會掙扎：「像我這樣，念科學適合嗎？」可是你看牛頓，他大叔不也是個愛作白日夢的咖嗎？正常人會被蘋果打到就幻想出什麼地心引力嗎，雖然這段故事有杜撰或被渲染的可能性……很多物理學家都怪咖，都天馬行空，你看費曼大叔，如果他老兄沒有在物理界闖出一片天，他的行事為人難道不該被歸類為是反社會人格的展現嗎？

另外，我的出身也讓我困擾。我是獨生女，還碰巧是家裡很有錢、爸媽很寵愛的那種，別人知道了就會是那種「啊」的態度。

我知道，他們心裡都在想：「啊，這個一定很嬌！」也許吧，我不知道，但我覺得自己並沒有很難相處，也不至於是個任性的孩子；也許，在爸媽和環境的保護之下，我有時候很天真，但這不代表我不食人間煙火、不知民間疾苦。我交不同的朋友，讀很多的書，也喜歡吸收新知識、新事物，很多事情我也許沒有親身經歷，但我可以從很多地方學到，從書上、媒體上、從我的朋友身上。我的出身很好，我很感激也很珍惜，但這不該成為我的原罪，我討厭別人認為，我所有的一切都是因為我含著金湯匙出生所帶來的，而我不用付出半點努力。我也有我的煩惱，我也有必須為自己爭取什麼的時候，有時候我會很積極地努力，有時候我也會偷懶，但偷懶的原因和我爸媽的錢無關，只是因為我跟所有人一樣，都會有懶散的時候，但無論如何，請不要因為我爸媽有錢，就覺得我所有的都是從天上自動掉下來給我的。就算是天上掉下來，我好歹也要接住或去撿起來啊！

來美國，一切都很好，就像穎穎說的吧，我一直很幸運，坐了飛機到另一片大陸上也是。照我答應過媽媽的，很快就找了教會聚會，我算是刻意地找了一個沒什麼華人的教會，大家都對我這個外國人很好，這就是教會的好吧！全世界你走到哪裡去，教會的人都會說：「我們是弟兄姊妹，讓你覺得像家人一樣。」但是我心裡清楚我不是他們的一分子，那是基因決定、不證自明的事實。

但是留學，或者說一個人在異地這件事，還是有比較沒那麼美好的一面。我在這裡住一間單人的宿舍，雖然有非常友善的樓友，可是基本上每天回家還是一個人，家的概念變成我的牆壁、書桌、衣櫥和床；大家都很忙，這當然包括我，讀不完的報告，念不完的書，考試的壓力，但是每個人都只能孤獨地做這件事，因為這件事就是這麼一回事。孤獨地唸書、孤獨地回宿舍煮東西，然後孤獨地咀嚼、吞嚥，就算有youtube陪我吃飯好了，其實邊看youtube邊吃飯，更凸顯自己的孤單，特別當電視裡的那些人聊得那麼開心，我只會納悶為什麼自己不是他們的一分子。為什麼為什麼為什麼……

再來，成績好如我，也在這裡感受到課業與前途之類的壓力。我和所裡唯一的另一個台灣同學，考試或報告前夕的對話常常是：「我明天要去跟老闆下跪，妳覺得是半跪姿、還是雙腿跪比較好？」

憑良心講，我老闆實在是個好人，非常正直也非常執著於學術，我常覺得，能為一個令我尊敬的人工作，真好！不過，真的和一個學者近距離接觸，我才知道，學術，真的不是我想得那麼簡單。看我的老闆花很多的時間去找經費，和各種體系或機構打交道，這些事情裡，其實都牽涉很多人的利益或關係網絡，所以說很多時候不是你的研究好，就比別人機會多，反而是那些很會社交的老師吃香，你可以說，很多時候這根本不是merit（績效）制的。老實說，我老闆大概就是那種典型的學者吧，其實在很多關於人的事情上，我覺得他都處理得不太好。比如說，有時候幫他去跟學校的單位交涉，總隱隱約約感覺有些阻力，我猜是他曾經跟人家有點不愉快什麼的；還有，我也看過我溫文儒雅的老闆，在電話裡幾乎破口大罵。有時候，類似的事情很多，你會感覺他那陣子特別浮躁，不經意都會口氣不好，不知道的人應該會被他激怒吧，我想。對我來說，他這樣情緒上的反差，只是讓我更看到學術工作的另一面。我並不害怕，只是覺得這個工作，其實就和大多數工作一樣，很多時候人和的因素才是最重要的，或者說有時候不得不荒廢正事，要花很大力氣擺平人的事情。

好像人一長大，就會自動變得很複雜？

我正在享受物理的單純，卻也要我應付逐漸複雜化的人生；也許我一直這麼想沉浸在理論物理的原因，就是要對抗這個複雜的世界，搞半天我根本就反社會嘛，這樣可以說我有搞物理的潛能嗎？

好了，我不能再嘮叨下去了，再這樣下去，明天我真的要去跟老闆下跪了。搞半天我也寫了一小時了，睡眠時間又少一小時，泣……

晚安，親愛的徐姊。

衷心感謝妳、想念妳的小莉

跋

將近凌晨四點，寫到這裡，小莉突然覺得，再沒有一點繼續的力量。肉體是疲憊不堪的，可是寫這封信勾起太多的回憶，強迫她好好去面對它們。

疲倦雖然催促她該上床去了，小莉卻不由自主地還想做一些什麼。也許是信末所提到等待奇蹟的心理作祟吧，睡大覺似乎會削弱和奇蹟相遇的機會。

她決定開始找那一張照片。既然確定有放進包包裡，應該沒有理由會平白消失不見吧。不過事隔兩年，當初來的時候大概有整整一個月，翻遍所有能裝東西的袋子、盒子，或是可能夾到的書本，都找不到了，現在看來希望渺茫。

「讓我找到吧，這樣也可以算得上是一個奇蹟吧。」

小莉喃喃道，也不知道是對自己說還是說給上帝聽。只是這樣一想她覺得好像有一股強烈的動力湧上心頭，也許真的就是這一次了，這就是上帝要安排給她的奇蹟了吧。

不同於上一次，從她認定放置的那個包包，然後是大袋子、大行李箱、小袋子、小盒子、書本邏輯性的方式找起，這次小莉決定打亂順序，看到哪裡找哪裡、看到什麼翻什麼，既然是奇蹟嘛，感覺上應該充滿了變數。

除了桌上一堆最近在使用的資料和書籍，因為常常查閱的緣故顯得比較凌亂以外，小莉其他的衣物或東西，都還算蠻有秩序地被她好好放置在該有的位置上，所以找起來還算是容易的，似乎不太可能有什麼意外的發現。不過越是這樣，似乎越激起她的動機，所謂奇蹟就是包含很大成分的不可能嘛。

沒有花費很久的時間，眼看小莉就要把整個房間翻過來了，隨著還沒找過的地方越來越少，她的一顆心也越來越沉；直到剩下最後桌上那堆書和資料，在身體的疲憊和心裡的絕望驅使下，她決定宣告放棄。

果然，真實世界哪有什麼奇蹟呢？畢竟摩西把紅海分開、拉撒路復活都是發生在幾千年前的事了，現代哪有可能發生這種事呢？聽都沒聽過！

小莉呆坐在床上，看看時鐘，六點多了，窗外的天尚是昏暗，但是她不知不覺有些餓了，加上想轉換一下心情，她決定外出去滿足一下食慾。

只是簡單套上一件薄外套，九月的加州清晨很宜人，或許加州的氣候一向是這麼地友善，回憶起台灣的初秋清晨，不小心的話是容易叫人感冒的。

徐徐的幾陣風輕拂她的臉，她記起以前在台灣的時候，和穎穎、子婕也有過幾次天還沒亮一起騎腳踏車的經驗，那時候吹在臉上的風也是這個感覺吧！「是因為它們都來自太平洋嗎？」她這樣想著忍不住微笑了起來。

買了一個咖啡店的三明治，她坐在路邊吃了起來。回想以前的週末，在女孩子們的腳踏車聚會後，她們三人一起享用早餐、嘰嘰喳喳地說個沒完。

現在她一個人在這裡，獨自面對每天趕不完的作業和實驗，總是草草解決的三餐。想說話、想回憶的時候，儘管還是有教會的朋友，但她知道那是不同的。

吃完早餐，她揉了揉紙袋，就這樣了，吃完了，沒有人跟她討論好不好吃、討論來往的行人討論今天的天氣、討論最近的壓力和心情。

趁著這個沒有課也沒有安排事情的早晨，小莉臨時起意決定去逛逛超市——在這裡她最常從事的娛樂之一。

走到最近的公車站牌，在這裡她開始學會注意節省支出，搭公車雖然感覺不很舒適，但是要到比較遠的地方，不失為一個省錢又方便的方式。

來了一班沒有搭過的公車，小莉迅速瞄了路線，隱約看到自己目的地的站名。為了放心起見，她向公車司機確認了一下，就上車了。

才剛坐定，赫然發現公車開上一條自己不熟悉的路線。

她有點慌張，後悔不應該隨便選車坐，而應該多花點時間等自己平常坐的那班；轉念一想：「可是我剛剛不是跟司機確認過了嗎？」

看看駕駛座上那個皮膚黝黑的司機，車上稀疏的乘客，也許是因為外面明亮的天色，小莉壓制想要換車的衝動；向來謹慎的她，這次不知為何鬆懈了警戒。

迅速掃描了腦中對這一帶的印象，她猜想車子也許是繞個路，繞到山丘上的一個社區，等一下應該還是會繞回原來的路，往平常她所熟悉的那個方向。

昨晚到今天累積的疲倦，也許讓自己有點神智不清了。小莉突然有種耍賴的想法，心想：「老娘就是要坐到目的地才下車，反正司機自己剛才跟我保證過了，休想趕我下車！」

車子繞進了山區，經過幾座小型社區，一些社區居民陸續上了車。

看著他們的模樣，小莉猜想他們是要去上班的，這更讓她肯定車子是往市區的方向，更讓她感到安心。

她放鬆下來，欣賞這陌生的地方，這裡昨晚似乎下過雨，清晨的陽光灑下來，讓景色顯得非常清澈；她並不趕時間，有閒情逸致靜靜欣賞。

車子花了一些時間才繞回她熟悉的路，但這之中她並沒有恐懼，是因為司機的保證，還是自己對這一帶稀薄的印象，自己也不敢確定。

她想起這一陣子的緊繃。離開台灣的時候，心情是複雜的。那時候有那麼多的問題，她差點就放棄了自己夢想已久爭取到的機會。

上了飛機，她邊哭邊告訴自己，也許離開才是把這一切拋諸腦後的最好方法，也許上帝真的會讓時間解決一切。

事實證明，這一切還是悄悄進駐了她的心底，她把這一切深深埋了起來，在這裡累積的只有更多的壓力和孤單。在每一個煩惱課業和未來的夜裡，她會把過去的事情再挖出來，讓所有的一切一起壓得她獨自崩潰大哭。

過去對唸書一向很有自信的自己，覺得這個新環境，好像徹底把她過去的能力都重新質疑了一遍，除了舊的感傷和新的羞辱，她什麼都沒有了。

不確定幾個月來怎麼撐住的，雖然有加入教會，但多數日子，忙碌和灰心讓她沒有讀經或靈修的安排，只有過一天算一天的苟且。然而心底好像一直有一個聲音，告訴她來到這裡了，無論如何一定要拿到學位，不管再怎麼苦。

「那麼多的問題，祢也沒辦法一下就顯神蹟給我答案吧。」她苦笑著在心底質問上帝。看著窗外陌生的風景，她多希望自己現在已經搭上了上帝駕駛的公車，而且在上車前，上帝已經跟她保證，會到她要去的目的地。

「祢有在聽嗎？」小莉在心底向上帝發出禱告，「如果祢在，讓我感到安心吧，無論如何我都要到目的地才下車，因為祢跟我保證過的！讓我知道你只是載著我去繞了一點路，為的是要我看看沿途的美麗景緻，因為祢知道我喜歡欣賞祢手所造的風景，因為祢要我思想祢為我們所造的一切，因為祢要我在這裡面思想祢、遇見祢，因為祢要我知道祢為我預備我前面的道路，儘管我自己都不知道目的地在哪裡，祢會把我載到那裡，而我只要認真地經歷祢為我預備的一切就可以了。」

車行快到她要下車的站牌，小莉仍然惦記著沒有解決的煩惱和課業，可是她知道，不管車子往哪裡開、繞到哪一條路上去，其中的每一個曲折都是必經的；她不需要知道這些曲折背後的來龍去脈，只要相信她總會到達一個目的地。

Touch 系列 006

在團契裡

作　　者：謝宇棻
編　　輯：許慧懿、洪懿諄
封面設計：郭秀佩

發 行 人：鄭超睿
出版發行：主流出版有限公司　Lordway Publishing Co. Ltd.
地　　址：23199 新店郵政 20-85 號信箱
P.O. Box No. 20-85, Sindian, New Taipei City, 23199, TAIWAN
電　　話：(02) 2910-8729
傳　　真：(02) 2910-2601
電子信箱：lord.way@msa.hinet.net
郵撥帳號：50027271
網　　址：http://mypaper.pchome.com.tw/news/lordway/

經　　銷

紅螞蟻圖書有限公司
台北市內湖區舊宗路二段121巷28號4樓
電話：(02) 2795-3656　傳真：(02) 2795-4100

以琳發展有限公司
地址：香港九龍灣啟祥道22號開達大廈7樓A室
電話：(852) 2838-6652　傳真：(852) 2838-7970

Christian Communications Inc. of USA
Tel: (1) 713-778-1144　Fax: (1) 713 778 1180

神的郵差國際文宣批發協會
Tal: (604) 588-0306　Fax: (604) 588-0307

2011 年 3 月　初版 1 刷
書號：L1101

ISBN：978-986-86399-2-8（平裝）

Printed in Taiwan

國家圖書館出版品預行編目資料

在團契裡 / 謝宇棻著. --初版. --[新北市]：
主流, 2011.03
面； 公分. --（Touch系列；6）
ISBN 978-986-86399-2-8（平裝）

857.7 100002673